ふともも常習犯

牧村 僚

Ryo Makimura

紅文庫

昨年亡くなられた永田守弘さんに捧げます。——著者

目次

装幀　遠藤智子

ふともも常習犯

第一章　そのまま入ってらっしゃい

午後七時すぎにホテルに着くと、指定された宴会場にはもう三十人以上が集まっていた。パーティーはすでに始まっている。

私は横浜《よこはま》にある同人誌で小説を書いているのだが、会員の一人である時田健《ときたけん》一《いち》が、島崎匠一《しまざきしょういち》というペンネームで書いた作品が、新人作家の登竜門とも言われている佐伯《さえき》文学賞を受賞したのだ。きょうはそのお祝いということで、同人の会員はほぼ全員が来ることになっている。

時田と私はべつに仲がよかったわけではないが、会えば挨拶ぐらいは交わしていたし、彼の受賞は私もとてもうれしかった。

きょうは立食パーティーだから、気楽なものだった。それなりにドレスアップしてはきたものの、長くいるつもりはなかった。受賞者本人におめでとうが言えればそれでいいか、というぐらいの気分だ。

入口で水割りグラスを受け取り、仲よくしているメンバーを探しているうちに、きょうの主役である時田が、つかつかと歩み寄ってきた。

「おめでとうございます。よかったですね」

私が言うと、時田は深々と頭をさげた。

「ありがとうございます。いやあ、まさか取れるとは思ってなかったんです」

「実力ですよ、時田さん。私、いつも感心してたんです。あなたの文章」

「ほんとですか？　うれしいな、円山《まるやま》さんに褒《ほ》めていただけて」

ここで言葉を切り、しばらく時田はうつむいた。やがて顔をあげ、なぜかややや力んだ口調で喋《しゃべ》りだす。

「こういうときだから、思いきって言っちゃいます。円山さん、受賞のお祝いに、ぼ、ぼくの夢を叶《かな》えてくれませんか」

「あなたの、夢？」

なんのことかわからず、私は問い返した。周囲の様子を少し気にかけるようにしながら、時田が顔を近づけてくる。

「ぼく、あなたにあこがれてました」

「えっ？　な、何を言ってらっしゃるの？」

「嘘じゃありません。同人の会合で初めてお会いしたときから、ずっと好きでした。いつも夢に見てたんです。いつかあなたを抱きたいって」

「だ、抱きたいだなんて……」

私は思わずあとずさってしまった。冗談を言っているとしか思えなかった。時田も三十二、三にはなるはずだが、私はもう四十一なのだ。とても男性からあこがれられる年齢ではない。

私の態度に気づいたらしく、時田がハッとなる。

「す、すみません、失礼なこと言って。でも、ぼく、本気なんです。こんなときでもないと告白なんかできないから、思いきって言っちゃいました」

「告白だなんて……」

「ほんとにすみません。許してください。これで円山さんに嫌われて、もう会わないなんて言われちゃったら、ぼく、生きていけなくなっちゃうから」

「本気なの？」

無意識のうちに丁寧語をやめて、私は問いかけていた。

時田はこっくりとうなずく。

「受賞した小説に、主人公が彼女と抱き合う場面があったでしょう？　あれ、円山さんのことを想像しながら書きました」

そのシーンは私も印象に残っていた。ずいぶん細かい描写で、まるで官能小説のようだな、と思った覚えがある。

「あっ、ぼく、また失礼なこと言っちゃいましたね。すみません。でも、ほんとなんです。男女の場面を書くときは、いつも円山さんのことを……」

「私のこと、いくつだと思ってるの？　四十一よ。バツイチのおばさん」

冗談めかして言ったのだが、これは本音だった。離婚したのが三十五のとき。当時はまだまだこれからだぐらいに思っていたし、新たな男性との付き合いを考えないでもなかったが、いまはそれもまったくない。

とにかく子育てが大変だった。養育費はそれなりにもらっていたけれど、法律事務所で弁護士たちを補助する仕事をしながら、この春に一人息子を大学に入れて地方へ送り出し、やっとひと息ついたところなのだ。

だが、時田はさらに真剣な表情になる。

「年齢なんて関係ありません。ぼく、本気です。遊びだなんて思わないでください。円山さんさえ許してくださるのなら、いつかは結婚したいです」

「け、結婚？」

さすがにびっくりした。例会のときにごく当たり前の会話を交わす程度で、時田と二人きりで話したことなど、これまで一度もなかったのだ。

「いくらなんでも、それはないんじゃない？　あなたは私のことなんか、まだ何も知らないじゃないの」

「いえ、知ってます。失礼だとは思いながら、調べさせてもらいました。お勤め先の法律事務所の前はしょっちゅう通っているし、お子さんが大学に入られたことも知ってます。六年前に離婚なさってることも」

時田の口調は真剣だった。遊びではないという彼の言葉は、信用できるものなのかもしれない。

別れた夫とは大学に入ったときに出会った。『法学概論』という講義を、元夫は教授の代理で教えていたのだ。当時は確か助手という立場だった。

研究者タイプの真面目《まじめ》な男だったし、声をかけられてからすぐに付き合い始め、三年のときに妊娠と同時に入籍した。二十二で母親になり、卒業が一年遅れてしまったけれど、学生時代はそれなりに楽しくすごせた。

離婚の原因は、夫の浮気だった。いや、本気と言うべきだろうか。ある日、どうしても好きな人がいるので別れてほしい、と訴えてきたのだ。

彼の性格はよく知っていたから、いい加減な気持ちでないことははっきりしていたし、私も認めざるを得なかった。

あれから六年、男性とはいっさい付き合っていない。これまでまったく意識したこともなかった相手とはいえ、時田に告白され、私がときめきを覚えたのは事実だった。なんとなく体が火照《ほて》ってくる。

「はっきり言います。ぼく、円山さんを抱きたいです。でも、性欲だけで言ってるんじゃありません。あなたのこと、本気で……」

「かまわないわよ」

ごく自然に、私はこんな言葉を口に出していた。

時田はきょとんとする。何を言われたか、わからなかったらしい。

「だから、かまわないって言ってるのよ」

「ほ、ほんとですか。円山さん、ぼ、ぼくと……」

「あなたの受賞は私もうれしいわ。こんなことでお祝いになるのなら、そうさせてちょうだい。どうすればいいの？」

時田の顔がいっぺんに上気《じょうき》した。震えるような声で言う。

「ぼく、今夜はここに部屋を取ってます。1114号室です。あっ、べつに予定していたわけじゃないんですけど、ダブルなので、キーは二つあります」

ポケットからカードキーを出して、時田が差し出してきた。私は受け取る。

「一応、ぼくのお祝いの会なので、二次会までは出なければなりません。たぶん十一時には終わると思うんですけど、部屋で待っていていただけますか」

「いいわ。私は二次会は、ちょっと顔を出すだけで失礼させてもらうけど」

「お願いします。あと、もう一つお願いがあるんですけど」

おずおずとした口調で、時田は言った。

「何？　私にできることだといいんだけど」

「絶対にできます。ぼくのこと、初めてお会いしたころみたいに、時田くんって呼んでもらえませんか」

　そういえば、昔はそんなふうに呼んでいたかもしれない。

「かまわないわよ、時田くん」

「ありがとうございます。いやあ、夢みたいですよ、円山さん」

「さあ、みんなのところへ行きなさい。今夜はあなたが主役なんだから」

「はい。それじゃ、あとで」

　何度も何度も私のほうを振り返りながら、時田はパーティーに戻っていった。

　二次会に少しだけ顔を出して、私は十一階にある部屋に入った。なかなかいいダブルルームだった。私とこういうことにならなくても、時田はだれかメンバーの女性と、ここへしけ込むつもりだったのかもしれない。

　まずシャワーを浴びることにして、私はハイヒールを脱ぎ、着ていた黒のロングドレスを取り去った。前に深いスリットの切られた、セクシーな造りになっている。別れた夫がスリットからのぞくふとももが好きだと言ってくれたため、よく身につけていたものだ。

下から現れたのは黒のキャミソールとパンティーだった。ブラジャーはしていない。これも元夫の好みだ。私はDカップで、べつに胸が小さいというわけではないのだが、普段からブラジャーはせずにキャミだけをつけている。

腰にはやはり黒のガーターベルトを巻き、そこからパンティーの中を通って伸びた四本のサスペンダーで、極薄の黒いストッキングを吊《つ》りあげている。これも元夫の趣味なのだが、いまもいやがらずにつけているのだから、私もけっこう好きなのだろう。

すべてを脱ぎ捨てて熱いシャワーを浴びていると、先ほど告白してきたときの時田の表情が脳裏によみがえってきた。必死で喋る姿は、なんだかかわいかった。出会ってから、もう十年以上になる。そのころから好きだったという言葉にも、嘘はないのかもしれない。

体を拭《ふ》いて出てきた私はメイクされていたベッドを崩し、白いシーツを剥《む》き出しにして、裸のままそこに横たわった。

ああ、これから彼に抱かれるのね……。

思いもかけなかった告白を受け、こういうことになった。後悔はしていないが、少し怖い気もした。ずっとあこがれていてくれたという時田を、がっかりさせてしまうのではないか。そんな不安を感じたのだ。

そこそこのおしゃれを心がけているとはいっても、とにかくもう四十一なのだ。年齢による衰《おとろ》えは隠しきれない。

ため息をつきながら、私は両手を乳房にあてがってみた。とたんに、びくんと体が震えた。左右の乳首が、思っていた以上に敏感になっている。

そういえば、こんなことをするのも久しぶりだった。夫と別れた当初は寂しさもあり、ときどき体のいろいろな部分に触れてみたりはしていた。だが、ここ二、三年は、それもまったくない。

親指と人差し指を使って、両方の乳首を軽くつまんだ。子宮の奥に、間違いなくうずきが走った。全身が熱を帯びてくる。

左手を胸に残したまま、私は右手を下腹部におろした。おそるおそるという感じで、中指の先を淫裂にあてがってみる。驚いたことに、すでに蜜液が湧き出ていた。指の腹の部分を使って、淫水を延ばすように割れ目を撫《な》でる。

「ううん、ああ」

思わず声がもれた。忘れかけていた快感が、体を走り抜けたのだ。指先で秘唇の合わせ目を探ると、硬化したクリトリスが心地よく当たってきた。そっと触れているだけなのに、体がぶるぶると震え始める。

びっくりだわ。こんなに感じてしまうなんて……。

頭の中に、これまでの性体験がよみがえってきた。ロストバージンは十七歳、高校二年のときだった。バレー部のコーチに来ていた先輩と付き合い始め、ごく自然に抱かれた。一年半ほどで別れてしまったが、悪い思い出ではない。

大学に入るとすぐに、やがて夫となる男から声をかけられた。『法学概論』の初講義の直後だった。ぼくと付き合ってくれないか、という言葉はあまりにも唐突《とうとつ》でびっくりしたが、真面目さは十分に伝わってきたので、付き合うことに抵抗はなかった。

妊娠は予定外だったけれど、彼は即、結婚しよう、と言ってくれた。半年間休学しなければならなくなったし、産んだあとは実家の母にもずいぶん迷惑をかけてしまったけれど、間違ったことをしたとは思っていない。

元夫とのセックスは、十分に楽しかった。それほど経験があるとも思えなかったが、私を感じさせようと、最大限の努力をしてくれた。私も彼が感じてくれるのがうれしかったたし、性的な相性はよかったのではないだろうか。

結局、私はこれまで二人の男性にしか抱かれていない。元夫と別れてからの六年間は、セックスとは無縁の暮らしをしてきたわけだから、行為自体をほとんど忘れていると言ってもいい。

時田くん、ほんとに喜んでくれるのかしら……。

多少の不安を覚えながら、私は指を動かし始めた。いったん肉芽から指を離し、中指の腹の部分を使って、淫裂を何度か縦になぞった。体のうずきはさらに大きくなり、淫水がどんどん湧いてくる。

元夫はフェラチオが大好きで、彼が出したものを飲んであげると特に喜んだ。一緒に暮らしていた十四年間で、何百回も、いや数千回は、彼の精液を飲みくだしたことだろう。

まだ見たこともない時田のペニスに思いを馳《は》せただけで、不思議な興奮を覚えた。フェラチオシーンを脳裏に展開させながら、指を秘唇の合わせ目へと移動させた。淫水を塗りつけるように、指先を小さく回転させる。

「あっ、ああ、時田くん……」

快感に表情を歪《ゆが》める時田の様子が、鮮明な映像となって脳裏に浮かんだ。頭の中のスクリーン上の私は、ゆっくりと首を振り始める。

信じられないわ。私、どんどん濡れてくる……。

久しぶりに味わった淫靡《いんび》な気分に、私は酔いつつあった。指の動きを徐々に速めていく。

時田はやがてたまらなくなり、挿入《そうにゅう》を求めてくるだろう。私はベッドに身を横たえ、時田が上からのしかかってくる。想像の中の私は、右手で時田の肉棒をそっと握り、先端をすでにぐしょ濡れの淫裂へと誘導する。

「いいのよ、時田くん。来て」

時田が腰を突き出し、硬化したペニスがずぶずぶと侵入してくる。

「ああっ、すてきよ、時田くん」

腰を振りだした時田の表情も、はっきりと思い浮かべることができた。

時田の動きに合わせて、私も腰を宙に突きあげる。お尻はほとんどベッドから浮きあがったままだ。

「いくわ、時田くん。私、いっちゃう。ああっ」

がくがくと全身を大きく揺らして、私は快感の極みに到達した。浮いていたお尻が、ゆっくりとベッドに落下した。いつの間にか荒くなっていた呼吸音だけが、部屋に大きく響く。

絶頂感を覚えたのは、六年半ぶりくらいだっただろうか。あまりの心地よさに、私は驚嘆した。とにかく、自分の中にまだ女の部分が残っていることが確認できた。時田に抱かれる準備ができたと言ってもいい。

私はもう一度シャワーを浴び、ベッドに横たわって時間がすぎるのを待った。

快感の余韻《よいん》に包まれて、少し眠ったのかもしれない。気がつくと、時刻は十時半をすぎていた。そろそろ時田を迎える準備をしなければならない。

裸のままということも考えたが、やはりセクシーな姿でいたいと思い、下着をつけ直すことにした。大鏡の前で、まずガーターベルトを腰に巻いた。留め具の金属がふとももに当たり、なんだか妖《あや》しいときめきを覚える。

左右のストッキングをつけ終えてから、キャミソールをまとった。生地が薄手だから、乳房のふくらみが透《す》けて見えている。

パンティーなしのこの姿は、なんとも淫猥《いんわい》だった。子宮の奥にまたうずきを覚え、危うく右手を股間に伸ばしそうになったが、なんとかこらえた。あとは時田と楽しめばいいのだ。焦《あせ》る必要はない。

最後にパンティーをつけ、全身を眺《なが》めた。まだまだいけるわね、と素直に思った。自分で見ても体の線は、二十代のときとそれほど変わってはいない。

少し迷ったが、結局、黒のロングドレスも身につけた。深いスリットからふとももをちらつかせながら、時田を迎えるのも悪くないと思ったのだ。ハイヒールをはいて、ここへ入ってきたときと同じ格好《かっこう》になる。

十一時を少しまわったころ、部屋のチャイムが鳴った。キーを持っているのだからそのまま入ってくればいいものを、時田は気をつかったらしい。

私が鍵を開けると、少し赤い顔をした時田が入室してきた。きょうの主役だから、どうしても酒を飲まされたのだろう。

「すみません、円山さん。これでも一生懸命、早く来たんですけど」

「いいのよ。だいたい予定どおりじゃないの」

言いながら、私は両手で時田の肩を抱いた。

おずおずとした態度ではあるが、時田も私に抱きつくように、腰のあたりに手をまわしてくる。

「夢じゃないんですね。ぼく、ほんとに円山さんと、うぐぐ……」

私は時田の唇に自分の唇を押しつけた。少し驚いたようだったが、時田も素直に応じた。私が舌を突き出すと、自分の舌をからめてくる。

長いくちづけを終えると、時田は呼吸を乱していた。もしかしたらキスしている間、息をつけなかったのかもしれない。そんなところに、私はまたかわいさを感じた。何も言えないでいる時田の足もとに、私はすっとしゃがみ込む。

「あっ、円山さん。な、何を……」

何をするかは決まっている。これから私は時田に抱かれるのだ。まずはその準備をしなければならない。

私は躊躇《ちゅうちょ》なくベルトをゆるめ、ズボンを足首まですべりおろした。下から現れたブルーのトランクスは、テントを張った状態になっていた。私を抱きしめて唇を合わせただけで、早くも欲情してくれたらしい。

続いてトランクスも、ズボンに重なるところまで引きさげた。いきり立った肉棒が、下腹部に貼りついたような状態で姿を現す。

「まあ、すごい。時田くんったら、もうこんなに」

「あ、当たり前じゃないですか。ずっと好きだった円山さんを抱きしめて、キ、キスまでさせていただいたんですから」

キスをさせていただくという言い方が、またなんともかわいかった。私の中に、いとおしさのようなものが生まれる。

私は右手でペニスを握った。

「あっ、円山さん。そ、そんなことされたら……」

時田の反応にはかまわず、先端を自分のほうへ向け直すと、私は張り詰めた亀頭を迷わず口に含んだ。

「だ、駄目《だめ》だ、円山さん。ぼく、ぼく、もう、ああっ」

一瞬の出来事で、私にも何が起きたのか理解できなかった。だが、すぐに実感した。私の口の中で、時田の肉棒がはじけたのだ。びくん、びくんと脈動《みゃくどう》するごとに、熱い欲望のエキスが噴出してくる。

私はすぐに落ち着きを取り戻した。元夫と、しょっちゅうやっていたことなのだ。だが、時田のペニスの勢いは、とてつもないものだった。おとなしくなるまでに、十回近くも脈動したかもしれない。

唇をすぼめるようにして、最後の一滴まで搾《しぼ》り取ってから、私は肉棒を解放した。ごくりと音をたてて、放出された精液を飲み込む。

「円山さん、の、飲んでくださったんですね。夢みたいです」

「おいしかったわ。ちょっとびっくりしたけど」

感激の声をあげる時田に、私はこれ以上はないほどの好感を抱いた。と同時に、あらためて子宮の奥がうずいた。抱かれる準備はもう万全と言ってもいい。

私は時田の靴《くつ》を脱がせ、足首からズボンとトランクスをはずした。靴下も取り去ってしまう。これで下半身はすっかり裸だ。

唐突に、時田が口を開く。

「円山さん、正直に言います。ぼく、経験ないんです」

「えっ？」

耳を疑った。正確な年齢は知らないが、時田は間違いなく三十はすぎている。

とりたてて美男子というわけではないが、決して醜《みにく》くもない。ごく普通の男だ。そんな彼が、女性経験なしなどということがあるのだろうか。

私は立ちあがった。時田は背も普通だ。百七十を少し超えたぐらいだろう。

「事情は、またゆっくり話します。正直に言えば、あなたと出会うまで、一生、セックスなんかしなくてもいいと思ってました」

「一生？」

時田はうなずき、スーツの上着を取り去った。ネクタイをはずし、ワイシャツを脱ぎながら言う。

「でも、円山さんに出会ってから変わったんです。もう十年、いや、正確には十一年になります。あのころ、あなたはまだ奥さんだったから、絶対に無理だって気はしましたけど、どうしても抱きたいなって思いました」

嘘はついていないな、とあらためて確信した。

「ほかの女性と、そういうふうになりたいと思ったことはないの？」

「うーん、いろいろ複雑なんです。その話は、またの機会でいいですか」

「もちろん。ただ、驚きよ。あなた、モテないわけでもないでしょうに」

「さあ、どうでしょうか」

時田は下着のシャツも取り、完全に裸になった。

私はここで百八十度、体を回転させる。

「時田くん、背中をお願い」

「は、はい」

背後から近づいてきた時田が、ロングドレスのジッパーに手をかけた。その手はやはり震えを帯びていた。ゆっくりと引きおろしていく。

ジッパーがおりきったところで振り向き、私は時田と正面から向き合った。

両肩に手をやり、ドレスを体に沿ってすべりおろす。

「円山さん、す、すてきだ」

ドレスが足もとに落ちたところで、時田が鼻の穴をふくらませるようにして叫んだ。目を丸くして、じっと私の体を見つめている。

「気に入ってくれた？」

「あ、当たり前じゃないですか。想像していたより、もっともっと魅力的です。ストッキング、パンストじゃないんですね」

「ガーターベルトよ。別れた旦那の趣味だったの。私も気に入ってるから、ミニスカートをはくとき以外は、いつもこれなのよ」

男はみんなガーターベルトが好きだ、と元夫はよく話していた。私自身、パンストはちょっと味気ないな、という気がしている。この六年も、だれに見られるわけでもないのに、ミニのとき以外はいつもガーターにしていた。

「さあ、いいのよ、時田くん。あなたの好きにして」

「は、はい。でも、あの、ぼく、どうすれば……」

何度目だろうか、またかわいい、と思った。まるで未体験の少年の相手をしているような気分になる。

「そうよね。初めてなら、どうしたらいいのかもわからないわよね」

「すみません」

「ああん、謝《あやま》ることなんかないわ。大丈夫、私に任せておいて」

時田の股間に目をやった私は、驚愕《きょうがく》せずにはいられなかった。つい先ほど、大量の白濁液を放ったばかりのペニスが、もうすっかり硬化しているのだ。ぱんぱんに張り詰めた亀頭は、下腹部にぴたっと貼りついている。

「すごいのね、時田くん。オチン×ン、また硬くなってる」

「す、すみません。円山さんがセクシーすぎるから……」

「謝らなくていい、って言ってるでしょう？　うれしいわ、喜んでもらえて。ねえ、おっぱい、好き？」

「は、はい」

私は時田の右手を取り、左の乳房に押しつけた。キャミソールの薄い生地《きじ》越しに、彼の手が当たってくる。

「あっ、ああ、すごい」

「気持ちいい？」

「はい、最高です。こ、こんなに気持ちがいいなんて」

確かに初めてさわったのだろうな、と思った。乳房に触れただけだというのに、時田はまるで夢見るような表情をしている。

「揉《も》んでいいのよ。好きなように」

ぎこちない手つきではあったが、時田は乳房を揉み込んできた。先ほどオナニーをしたとき以上に、私も感じた。下腹部が熱を帯びてくる。

「すごいですよ、円山さん。こうやってるだけで、ぼく、また……」

「あとはベッドよ、時田くん。ベッドへ行きましょう」

時田の腕を取って、私はベッドへ導いた。セックスの指南役《しなん》は初めてなので、私としてもどうしていいのかよくわからないのだが、不思議にうきうきした気分になっていた。ハイヒールを脱いで、まず私がベッドにあがる。

「あなたも来て。ほら、私の隣に」

言われるままに、時田もあがってきた。あお向けになった私の右隣に、おずおずと身を横たえる。

「まずパンティーを脱がせてちょうだい」

「パンティーを？　あれ、このストッキングって……」

「知らなかった？　ストッキングをつけてからパンティーをはくの。だから、ストッキングははいたままで、パンティーを脱ぐことができるのよ」

経験がないという時田は、たぶんガーターベルトなどというものも初めて見たのだろう。納得したようにうなずきながら、パンティーの縁《ふち》に指をかけた。脱がせようとしているのだろうが、なかなかうまくいかない。

「こうよ、時田くん。こうやって脱がせるの」

私は時田の手首をつかむようにして、方向を示してやった。お尻を浮かして、脱がせやすいようにしてやると、どうにか薄布がおり始めた。時田は膝立《ひざだ》ちになり、最後は両手で、私の足首からパンティーを抜き取った。

脱がせたパンティーを枕もとに置き、時田はため息をもらす。

「たまりませんよ、円山さん。見てるだけで、ぼく、また出ちゃいそうです」

「一度、とにかく経験してしまったほうがよさそうね。こっちへ来て」

私は無防備になった股間をさらすように、大きく脚《あし》を広げた。秘部にそっと指先をあてがってみると、すでにかなり潤っていた。何もされていなくても、私は十分に感じている。

膝立ちになったまま、時田が開かれた脚の間に移動してきた。

「大丈夫だから、そのまま私に重なってきて。ほら、手をついて」

私の顔の横あたりに両手をつき、時田はおずおずと腰を進めてきた。私は右手をおろし、屹立《きつりつ》したままの時田のペニスをしっかりと握った。その手をゆるゆると動かして、亀頭の先を淫裂へと誘導する。

「だ、駄目です、円山さん。気持ちよすぎて、ぼく、もう……」

「もうちょっとよ、時田くん。もうちょっとだけ我慢して」

時田が歯を食いしばる様子が、またかわいらしく思えた。亀頭がついに私の体に触れ、燃えるような熱さを感じた。時田の体がびくんと震える。

「さあ、ここよ。そのまま入ってらっしゃい」

うなずいた時田が、ぐいっと腰を突き出した。まず亀頭が淫裂を割り、続いて肉棒全体が、ずぶずぶと肉洞にもぐり込んできた。私は驚愕した。ペニスの大きさとかではない。時田の肉棒の存在感に、圧倒されたのだ。

「ああっ、円山さん。す、すごい」

「すてきよ、時田くん」

「こんなに感じるなんて、信じられません」

「幸子《さちこ》よ。幸子って呼んで」

「ああ、幸子。好きだよ、幸子」

本能によるものなのか、とにかくごく自然な行動に見えた。時田は猛然と腰を振り始めた。ずっと、幸子、幸子と私の名前を呼んでくれている。

「あっ、駄目だ。出ちゃうよ、幸子」

「いいのよ、時田くん。出して、いっぱい出して」

「幸子。ああっ、幸子」

上体を大きくのけぞらせるようにして、時田は快感の極みへと駆けのぼった。脈動するペニスの先端から、熱い欲望のエキスが私の肉洞内にほとばしる。二度目とは思えないほど、大量の精液を放出して、時田は私に上体を預けてきた。耳もとにささやく。

「ありがとうございました。夢が叶いましたよ、幸子さん」

「よかったわ、喜んでもらえて」

背中にまわした両手で、私はぎゅっと時田を抱きしめた。

「ぼくの話、聞いてもらえますか」

射精から十五分ほどがたったころ、時田がささやいてきた。私たちはベッドに並んで横たわり、互いに手をつなぎ合っている。

「いいわよ。なんでも話して」

「ぼくがこの歳になるまで女性と経験できなかった理由なんですけど……」

言葉を切り、時田はしばらく黙った。やがて、ため息をつきながら言う。

「ぼく、マザコンなんです」

「マザコン？」

べつに驚いたわけではない。別れた夫から、男はみんなマザコンなんだ、などという話を聞いたことがあったからだ。

「マザコンだと、性体験ができなくなるの？」

私の質問に、時田はまた考え込んだ。ゆっくりとした口調で話しだす。

「マザコンにも、いろんなタイプがあるんだと思います。ぼくの場合は、とにかく母しか女として見られなかったんです」

「女として見るって、つまり、セックスの対象にするってこと？」

うなずく時田を見て、さすがに少しびっくりした。母親をそんなふうに見る息子が、実際にいるのだろうか。

「性の目覚めって、だいたい小学校の終わりから中学の初めくらいなんですけど、ぼく、最初から母親だったんです。セクシーな格好をした母の姿を夢に見ながら、夢精《むせい》しちゃったんです。夢精って、わかります？」

「え、ええ、一応は」

「それから自分でするようになったんですけど、母のことだけ考えてました」

「お母様、きれいな方なんでしょうね」

「息子のぼくが言うのもなんですけど、美人です。小学校のころからぼくの自慢でした。でも、性の目覚めからは、完全に女として意識しちゃって……」

いつも家の中でそばにいる女性に女を感じてしまったら、いったいどうなるのだろうか。なかなか想像がつかない。

「初めて夢精したころは、まだ何もわかってなくて、将来は母と結婚できるんじゃないか、なんて思ってました。でも、それが無理とわかってからも、なかなか頭の中が切り替えられないんです」

「つらかったでしょうね」

「母がミニスカートからふとももを露出させたところを見たときなんか、鼻血が噴き出してきそうでした。自分でする回数もどんどん増えちゃって」

照れくさそうに話しながらも、時田はなんだか楽しそうだった。母への思いを語ることに、喜びを覚えているようにさえ思える。

「お母様に抱きついていったりはしなかったの？」

「したかったですよ。でも、できませんでした。我慢するしかなかったんです。母に嫌われるのはいやでしたから」

そのへんは普通の男女の感情と同じなのかもしれない。好きだからといって、即、抱きついていくわけにはいかないのだろう。

「そのうち好きな人ができれば、母のことを考えなくて済むようになるんじゃないかって、期待はしてたんです。でも、駄目でした。高校や大学で、多少は気に入った女の子ができても、母を超える存在にはなり得なかったんです」

「よほどおきれいなんでしょうね、お母様」

「最高の女性でした。でも、母とセックスなんかできるわけがない。だから、ぼくは一生、セックスなんかしなくてもいい、って思うようになったんです」

そこまで思ってもらえれば、彼の母親も幸せだな、という気がした。しかし、時田自身がそれで幸せなのかどうかは疑問だった。セックスばかりでなく、彼は普通の恋愛さえできていないことになるのだから。

「そんな状況だったので、初めて幸子さんにお会いしたときは感動でした。会った瞬間に思ったんです。ああ、この人なら母を超えられる、って」

「そこまで？」

「はい。ひと目惚《ぼ》れって言うんでしょうか。そんなこと、経験もなかったんです。覚えてないでしょうけど、同人で初めてお会いした例会のとき、ぼく、ずっと幸子さんのほうばかり見てたんですよ」

時田の頰《ほお》が、ぽっと赤く染まった。

「その晩、さっそくオナニーをしたんです。幸子さんのことを思い浮かべて。母以外の女性を想像したのは、それが初めてでした」

「初めて？」

「正真正銘《しょうしんしょうめい》の第一号です。前にも無理やり、気に入った女の子のことを想像しようとしたことがありました。でも、駄目でした。途中でどうしても母が割り込んできて、最後は母のことを考えながら出す、って感じで」

時田の話は具体的で、なかなか刺激的だった。出すなんて言葉を男性の口から聞くのは、元夫以来だ。お互いに体を開いたことで、心も開けたらしい。

「私のときは、お母様は割り込んでいらっしゃらなかったの？」

「はい、大丈夫でした。ずっと幸子さんのミニスカート姿を想像してました」

「ミニスカート？」

「初めてお会いしたとき、けっこう短いスカートをはいてらっしゃいました。顔も好みだったし、ぼく、すぐにどきどきしてきちゃって」

残念ながら、私には時田と初対面のときの記憶はない。

「それからぼく、幸子さんのことをみんなに聞いてまわりました。奥さんだとわかってちょっとがっかりしたけど、好きだって気持ちは変わりませんでした。だって、奥さんなら、別れる可能性だってありますもんね」

「まあ、実際にそうなったわけだけど……」

「すぐに知りたかったです。幸子さん、苗字《みょうじ》もそのままだったし、ぜんぜんわかりませんでした。離婚されたって知ったのは、半年くらい前かな」

一人息子のために、私は元夫の苗字を名乗り続けることにした。息子はまだ中学生だったし、苗字が変わったことで、いじめなどを受けるかもしれないと心配したのだ。

「でも、時田くん、ずっと私だけなの？　十年以上もあったんだし、ほかにも好きな女性ができたんじゃないの？」

私が言うと、時田は心外だとでも言いたげに、ぶるぶると首を横に振った。

「あり得ませんよ、ほかの人を好きになるなんて。ぼくにとって幸子さんは、絶対でした。なにしろ、母を忘れさせてくれた女性なんですから」

なんだか時田がいとおしくなって、私は彼に覆《おお》いかぶさるようにして、彼の唇に自分の唇を押し当てた。彼も積極的だった。長いくちづけになる。

私は右手を時田の股間にあてがってみた。二度も射精したのが嘘のように、肉棒はそそり立っていた。そっと握ると、びくんと体が震える。

「た、たまりませんよ、幸子さん。ぼく、また変な気持ちに……」

「かまわないわ。あなたがその気になってくれるのなら、私は大歓迎」

私は膝立ちになって、時田の腰のあたりをまたいだ。

「今度は私が上よ。いい？」

「はい、もちろん」

肉棒の根元を握り、張り詰めた亀頭の先を淫裂にあてがった。そのままずとんと腰を落とすと、ペニスは一気に私の中に押し入ってきた。

「あぁっ、幸子さん。す、すごい」

「あなたもとってもすてきよ、時田くん」

時田は両手を伸ばしてきて、左右の手のひらをキャミソール越しに乳房のふくらみにあてがった。私は彼の両手首をつかみ、それを支えにして、腰を前後に揺すり始める。

「さ、最高です、幸子さん。こんなに気持ちがいいなんて、信じられない」

射精までそう時間はかからないだろうと判断し、私は時田の手首から右手を放して下腹部におろした。肉棒の挿入を指先で確認してから、中指の腹で秘唇の合わせ目を探った。肥大したクリトリスが、指に当たってくる。

腰の動きを止めないまま、私は指を動かし始めた。まるで押しつぶすように、肉芽をこねまわしてやる。

「ああ、感じるわ、時田くん。私、すっごく感じる」

「すみません。ほんとはぼくがやってあげなくちゃいけないことなのに」

「いいのよ。あなたはもっと気持ちよくなって」

私は指の動きを速めた。時田の呼吸が荒くなる。

「だ、駄目だ。ぼく、ほんとにもう……」

「いいのよ、時田くん。出して。私の中に、いっぱい出して」

「すごい。ほんとにすごい。ああっ、幸子」

時田のペニスが射精の脈動を開始したとき、私もほぼ同時に絶頂に到達していた。がくがくと体が揺れ、時田の上に倒れ込む。

私の背中を、時田はそっと抱きしめてくれた。彼の息づかいは、まだ荒い。

この人、ほんとに私のことを好きになってくれたのね。もしかしたら、付き合ってもいいかも……。

快感の余韻の中で、私はそんなことを考えていた。


「幸子さんの『嵐の予感』、読みましたよ」

二人が快感の極みに到達してから二十分ほどが経過したころ、隣に横たわっている時田が言った。『嵐の予感』は、二年前に神奈川《かながわ》県の地方新聞が主催している文芸コンテストの短編部門に応募し、佳作に選ばれた作品だ。

「読んでくれたんだ。ありがとう」

「すごくよかったです。大賞でもいいのにな、って思いました」

「まさか。私の文章なんて、まだまだだよ」

「いや、けっこうびっくりしました。主人公が友だちのお母さんに迫っていくところなんか、興奮しちゃいましたよ」

二十歳になったばかりの青年が、高校時代の友人の母親に恋をし、やがて結ばれる。私が書いたのはそんなストーリーだった。

「失礼かもしれないけど、幸子さん、官能小説も書けるんじゃないかな」

「官能小説？」

「はい。西川《にしかわ》さんが書いた官能なんかより、ぼくは『嵐の予感』のほうがよっぽど感じましたよ」

西川聖子《せいこ》は同人のメンバーなのだが、官能小説でデビューし、そこそこ売れているらしい。私より十ぐらい上だし、女性のくせに女性を馬鹿にするようなところがあるため、私はあまり好きではないし、彼女の本も読んでいない。

「でも、私、大したことは書かなかったはずよ」

「主人公の前に座った友だちのお母さんが、脚を組む場面がありましたよね」

「ああ、確かにあったわね」

「はっきり想像できましたよ。女性のスカートの裾《すそ》が乱れて、ふとももが露出してくるところが」

性的な興奮を覚えた主人公が、とうとう熱い気持ちを告白するというシーンだ。友人の母親のほうにもいくらかその気があって、少し誘惑してやれ、というような気持ちになっているという設定で書いた覚えがある。

「あの場面を少しふくらませれば、もう立派な官能小説ですよ」

「あなたにそう言ってもらえると、なんだかうれしいけど、そんなに長く書くことはたぶんできないわ」

「まずは短編でいいじゃないですか」

「短編？」

「ぼくがときどき書かせてもらってる雑誌にも、毎月、官能小説が何本か載るんです。ご迷惑でなければ、紹介しますよ」

「官能の短編か」

降って湧いたような話だが、私は真剣に考え込んでしまった。もともと書くことが好きだからこそ同人に入ったのだが、これで食べられるなどとは想像もしていなかった。地方新聞で佳作を取ったとき、わずかながら賞金が出て、すごくうれしかったのを覚えている。

「すみません。もちろん、幸子さんが書きたいものはほかにあるんでしょうけど、ぼくはそんなふうに考えちゃったんです」

「謝る必要なんかないわ。可能性を示してもらえて、うれしいくらいよ」

「ほんとですか？　じゃあ、ぜひ紹介させてください。ぼくの担当編集者も、確か官能を書く人の原稿を扱ってるはずですから」

まだ書けると決まったわけではないが、なんだか希望が湧いてきた。原稿料としてお金がもらえるなんて、いまの私にとっては夢のような話だ。トライしてみる価値はある。

「幸子さん、時間、まだ大丈夫ですか」

時田に声をかけられ、私はハッとなった。時田がこの部屋へ来たのが十一時すぎだったから、もうとっくに日付が変わっているだろう。

「ご迷惑でなかったら、私、泊めていただこうかしら。一人息子が地方の大学に入っちゃったから、帰ってもどうせ一人だし」

「迷惑なわけ、ないじゃないですか。ぜひそうしてください」

「ありがとう」

言いながら、私はごく自然に時田と唇を合わせた。

キスをしながら、時田は私の胸に手をやった。そっと揉んでくる。

「もう飽きたんじゃない？　こんなおばさんの体」

唇を離すと、私は冗談めかして言ってみた。

時田は真剣な顔つきで首を横に振る。

「冗談言わないでください。十一年間、ずっとあこがれてたんですよ。何度抱いたって、絶対に飽きることなんかありません」

「ああ、時田くん」

私たちはあらためて唇を合わせ、二人だけの夜にのめり込んでいった。

第二章　いますぐ欲しいのよ、浩ちゃんが

今朝も目を覚ましたのは十時ちょうどだった。四時に寝ているから、たっぷり六時間は眠ったことになる。

官能小説を書き始めてから五年。年齢も四十になったが、仕事時間は夜十時から午前三時と決めている。三時半に玄関に朝刊が届き、それを眺めているうちに眠くなり、四時には就寝《しゅうしん》するという毎日だ。

俺はドリップでコーヒーをいれた。五年前はインスタントだったが、多少は食えるようになり、贅沢《ぜいたく》になったということだろうか。

アパートは都内新宿区《しんじゅく》にある。古いが鉄筋の建物で、造りはしっかりしているものの、風呂は付いていない。もともと銭湯《せんとう》が好きだったし、独り身の気軽さもあって、いまだに桶《おけ》をかかえて風呂屋通いを続けている。

きょうは栗桃書房《りっとうしょぼう》という出版社が出している雑誌の編集者との打ち合わせがある。十一時半に飯田橋《いいだばし》で会って、一緒に昼食を取ることになっている。

担当の須川《すがわ》は四十四、五歳の男で、官能を書き始めたころからの付き合いだ。彼が編集長をやっている雑誌には毎月原稿を書かせてもらっているし、作品が溜まると文庫本にしてくれたりもする。世話になりっぱなしと言ってもいい。

コーヒーを飲みながら、夜中の三時まで書いていた原稿を少し見直したあと部屋を出た。曙橋《あけぼのばし》という駅から地下鉄の都営新宿線に乗り、市ケ谷《いちがや》でＪＲに乗り換えた。家からだいたい三十分で飯田橋に到着する。

待ち合わせの喫茶店に入っていくと、須川はすでに来て待っていた。

「いやあ、お疲れ、千《せん》ちゃん。いつも来てもらって悪いね」

「いえ、とんでもない」

東山千《ひがしやません》というのが、俺のペンネームだ。本名の吉本浩二《よしもとこうじ》よりも、最近は東山さんとか千さんとか呼ばれることのほうが多くなった。須川のように親しくしている人は、こんなふうに千ちゃんと呼んでくれる。

「いつもどおりでいいかな？」

「はい、お願いします」

須川はウエートレスを呼び、ランチセットでコーヒーを注文した。コーヒーは食前。食後には、セットではないコーヒーを頼むのがいつものパターンだ。

「読んでくれたかい？」

さっそく須川が尋ねてきた。今月発売号でデビューした、亀井《かめい》まどかという女流官能作家の作品を読むように言われていたのだ。来月号の短編の打ち合わせはもう済んでいるから、きょうはこの話が中心であることはわかっていた。

「読みましたよ。文章はすごくしっかりしてますね」

「純文学の同人誌をやっていたらしいんでね。このあいだ佐伯文学賞を取った島崎匠一の紹介なんだ。島崎さんも、横浜でその同人誌のメンバーだから」

「なるほど、純文ですか。文章がうまいわけですね」

「内容はどうだった？　参考になると思って、うちから出てる千ちゃんの本を何冊か渡したんだ。原稿を送ってきたとき、千さんに影響を受けたかもしれません、なんて書いてあったからさ」

亀井まどかの短編は四百字詰めの原稿用紙なら三十枚ほどの小品で、担任の女教師にあこがれる高校生の話だった。官能は初心者らしく、交接シーンは笑ってしまうほどへたくそだったが、少年の憧憬《どうけい》はよく描けていたと思う。俺はそのとおりを須川に伝えた。

「俺もだいたい同じような感想だよ。慣れてくれれば、書けるんじゃないかな」

「そうですね。いままで出てきた女流より、ずっといい気がするな。新鮮さもありますしね。彼女、いくつなんですか？」

「四十一だそうだ。千ちゃんより一つ上だね」

俺の官能デビューは三十五歳だった。四十一なら、まだまだ遅くはないだろう。活躍する可能性は十分にある。俺のいいライバルになるかもしれない。

ここでまずコーヒーが届き、俺はひと口すすった。この店はまあまあのブレンドコーヒーを出してくれる。合格点をあげてもいい。

「あとさ、これ、彼女が神奈川の地方新聞のコンクールで佳作を取ったっていう作品なんだけど」

須川が数枚のコピーを差し出してきた。新聞をそのまま複写したものらしい。佳作として紙面に掲載はされたものの、本にはなっていない作品なのだろう。

「へえ、『嵐の予感』ですか。どんな話なんですか」

「簡単に言えば恋愛小説だな。二十歳の主人公が、高校時代の友だちのお母さんにあこがれて、最後は二十五も年上の女と一緒になるって話だ。これがさ、けっこういけてるんだ。うちに書いてもらった短編と一緒で、主人公のあこがれがよく書けてる気がするんだよね。当然、官能シーンはないんだけど」

「もともとそういう素質は持ってる人なんでしょうね、きっと。あとでじっくり読ませてもらいます」

俺は少し楽しみになった。女性への憧憬は、俺が書いている官能の原点だ。女流官能で売れてきた人を五、六人は知っているし、そのうちの何人かとは実際に会ってもいるのだが、どことなく女性であることを売り物にしている感じがして、相容《あいい》れないものを感じていた。この亀井まどかという女性には、真摯《しんし》に文章に取り組んでいる雰囲気がある。

「会ってみてくれるかい？」

「えっ、俺がですか？」

「向こうも千ちゃんの作品を読んで、感じるものがあったらしいんだ。ぜひ会いたいって言われたもんでね」

「ぜんぜんかまいませんけど、どんな人なんですか」

ランチが運ばれてきて、少し中断したが、すぐに須川は会話を再開する。

「本名は円山幸子。円って字を書く円山だ。きれいな人だよ。バツイチなんだが、息子が一人いるんで、別れた旦那の苗字をそのまま名乗ってるんだそうだ。子供の苗字が変わると、いろいろ面倒だから。亀井っていうのは旧姓らしい」

「なるほど、円山だから『まどか』ですか。いい命名ですよね」

「本人に言ってやってよ。きっと喜ぶから。千ちゃんの相姦《そうかん》小説に、特に感じるものがあったらしいんだよね」

官能小説といえば禁断の関係をテーマにした作品が主流で、代表的なのは人妻や女教師ものだが、俺は近親相姦を題材にすることが多い。まどかがそれに興味を持ってくれたのなら、会ってみる価値はあるだろう。

「須川さん、けっこう入れ込んでますね、彼女に」

「千ちゃんに読んでもらった小説が、営業でも評判がよかったんだ。長編を書かせてみたらどうだ、なんて言う人もいてね」

「書き下ろし文庫ですか？　なるほど、面白いかもしれませんね」

栗桃書房にも文庫があって、俺の本も何冊か出してもらっているが、みんないまやっている雑誌で書いたもののオリジナル版だ。官能が主流の会社ではないから、俺が書き下ろしを頼まれたことは一度もない。

「栗桃から売り出そうってわけですね、彼女を」

「うん、まあね。官能専門の文庫に取られちゃう前にと思ってさ」

俺の文庫本を出してくれているのは、主に官能を専門に扱う出版社だ。営業力もあるし、栗桃の文庫などとは販売部数もまったく違う。亀井まどかが先に官能専門文庫でデビューしてしまったら、栗桃書房に彼女の書き下ろしを出すチャンスはなくなるだろう。

「なんとかうちでデビューさせたいんだ。千ちゃん、力を貸してよ」

「俺にできることなら、なんだってやりますよ」

「とにかく会って、話を聞いてやってほしいんだ。書き方を教わるなんてことは無理かもしれないけど、いい刺激にはなるんじゃないかと思ってさ」

話しているうちにランチはほとんど食べ終え、俺たちは食後のコーヒーに移った。相変わらず亀井まどかの話が続いている。

「須川さんとしては、どんな本を書かせたいんですか、彼女に」

「うーん、まだ漠然《ばくぜん》としてる感じだな。ただ、千ちゃんの相姦ものに興味を持ったって言うから、その路線でもいいかなとは思ってるんだ」

「女性で相姦系を書いてる人は少ないから、当たるかもしれませんね」

「だろう？　俺もそう思ったんだ。四十一歳だから、母ものなんかが書ければ、読者もいろいろ想像できるんじゃないかな」

うまい、へたは別にして、女流官能作家には不思議な人気がある。小説の中に出てくる女性と作家自身を、読者は同化して楽しむのだ。顔を出して、一度でも美人作家なんて言われたらしめたもので、あの人が書いた官能なら、という感じで買ってくれる人も多いと聞く。

「彼女、息子さんとかはいないんですか」

「いるんだよ、それが。早くに結婚したせいで、もう大学生なんだそうだ」

「そりゃあぴったりですね。自分のことを書けば、売れるんじゃないかな」

「彼女と息子さんのことって意味かい？」

「ええ。きれいな人なんでしょう？　少なくとも、息子さんはお母さんを女として意識したことがあるんじゃないかな」

「そうか。そこまでは思いつかなかったな」

俺は自分のことを考えた。母を一人の女性として見たことは一度もなかったが、俺にはひとまわり上の姉がいる。小学生の終わりごろ、姉はもう二十三、四になっていて、俺は強烈に意識させられた。ミニスカートから剥き出しになった姉のふとももが、俺を性に目覚めさせたと言ってもいい。最初に好きになった女、つまり初恋の相手も姉だったし、とにかく姉が大好きで、ほかの女性のことなど目にも入らなかった。中学に入るころまでは、姉と結婚できると信じてもいた。もう五十をすぎていて、上の子は成人までしている姉だが、いまでも俺は姉を一人の女性として見ている。

きれいなお母さんがいたら、絶対に気になるよな……。

小中学校時代の友人の何人かの顔が、頭に浮かんできた。彼らには十分にセクシーな母親たちがいて、俺もずいぶん刺激されたものだった。姉のように好きにはならなかったが、オナニーの対象にしたことは何度もある。

「とにかく、そんな話をいろいろしてやってくれよ。できれば早いほうがいいな。来週とかはどうだい？」

「俺はかまいませんよ」

「じゃあ、あらためて連絡するよ。『ミレー』で会うのがいいな」

『ミレー』というのはこの近くにある喫茶店で、ソファータイプの椅子《いす》が人気の店だ。ゆったりできるので、俺もときどき使っている。

須川はなぜかにやりと笑った。

「彼女さ、すごいミニスカートをはいてるんだ」

「ミニスカート？」

「俺は三回会ってるけど、三回とも超ミニでびっくりしたよ。だから『ミレー』がいいんじゃないかと思ったんだ。あそこなら、テーブルが邪魔にならずに、千ちゃんも彼女の脚が見られるだろう？」

須川の配慮に、感謝したい気分だった。女性の肉体に関して言えば、俺は完全に脚派だ。特にふとももに関心が高い。当然、大のミニスカート好きだ。

「肉づきはどうなんですか、彼女」

「けっこうむっちりしてるよ。たぶん千ちゃんの好みだな」
「それはありがたいですね。楽しみにしてますよ」
そんなことを話しながら食後のコーヒーを飲み終え、きょうの打ち合わせは終了した。

亀井まどかが本名の円山幸子で書き、地方新聞のコンクールで佳作になったという『嵐の予感』は、それなりに面白い小説だった。須川が言ったとおり、二十歳の主人公の、友人の母親に対する憧憬がよく描かれていた。

当然、官能シーンはなかったものの、主人公が彼女とソファーで向かい合い、彼女が脚を組む場面には、ぐっと来るものがあった。あらわになったふとももが、実際に目に見えるような気がした。そこでパンティーがかすかにのぞいたりする場面を書けば、そのまま官能小説になる。

そして、とうとう実際にまどかと会う日がやってきた。午後二時、約束の時間どおりに喫茶『ミレー』に入っていくと、一番奥の四人席に、須川と女性が並んで腰をおろしているのが見えた。

「ああ、千ちゃん。こっち、こっち」

須川に手招きされて歩いていくと、彼女がすっくと立ちあがった。俺を前にして、深々と頭をさげる。

「亀井まどかという名前で書かせていただいてる、円山幸子です。どうぞよろしくお願いいたします」

「どうも、東山千です。まあ、そう硬くならないで」

彼女を座らせ、俺は須川の正面に腰をおろした。斜向《はすむ》かいに座った彼女は、須川の言っていたとおり、超がつくほどのミニスカートをはいていた。四十一歳だと聞いているが、ミニがよく似合っていた。ベージュのストッキングに包まれた脚が、とにかく美しかった。そのふともに性感を揺さぶられる。

俺はウエーターにブレンドコーヒーを頼んだ。

「自己紹介してくれちゃったけど、一応、俺からも紹介しておくね。こちらが亀井まどかさんだ。まどかさん、彼が東山千さん。俺は千ちゃんなんて呼ばせてもらってるけどね」

須川の言葉に、まどかはにっこり笑ってうなずいた。きれいな人だな、と素直に思った。肉厚の唇がセクシーだった。出会ったばかりだというのに、そこにペニスをくわえ込まれるシーンを、つい想像してしまう。

コーヒーが来て、俺はひと口すすった。ここのコーヒーは、あまりうまくない。ソファーが快適だから、まあ許してやるか、というレベルだ。

俺はまどかに目をやり、話しだした。

「読ませてもらいましたよ。このあいだ須川さんの雑誌に載ったやつと、それから『嵐の予感』って小説」

「まあ、『嵐の予感』もですか？　ありがとうございます」

「もう文章的には、なんの問題もありませんね。あっ、俺なんかがこんなこと言ったら失礼かな？　まどかさんは、ずっと純文をやってこられたんだから」

まどかは小さく首を横に振った。

「とんでもない。うれしいです、そんなふうに言っていただけて。千さんの文章も、すごくすてきだと思います。須川さんに文庫本を三冊いただいて読んでみて、すぐファンになりました」

「それはどうも」

言いながら、俺の視線はどうしてもまどかの下半身に注がれた。ふとももの量感が、とにかく俺好みなのだ。はっきり言えば、姉のふとももに似ている。

ああ、姉さん……。

姉のことを思えば、いつでもどこでも、それだけで股間が激しく反応する。

俺にとって姉は、いまだに絶対的な存在なのだ。

とはいえ、姉は嫁《とつ》いでしまって埼玉《さいたま》にいるし、そうそう会えるわけではない。確実に会えるのは盆暮れと、両親の命日や法事ぐらいだろうか。

若いころの姉は、とにかくミニスカートの似合う女性だった。小学校の教師になったため、外出時は普通にスーツを着るようになったが、家にいるときはだいたいミニをはいていた。俺を刺激しているとも知らず、白いふとももをいつも大胆にさらしてくれていたものだった。

二十五で結婚して姉が出ていくまで、俺はずっとズリネタにしている女性と暮らしていたことになる。最低でも、一日二回はペニスを握った。学校から帰ってきてまず一回、あとは寝る前に必ず一回。途中で、姉のパンチラが拝《おが》めたりする幸運があれば、さらに回数が増えた。

最近は、さすがにミニスカート姿の姉を見る機会は減った。それでも、普通にスカートをはいた姉を眺めるだけでも、俺の想像力は刺激された。あの下にはセクシーなふとももがあるのだと思うだけで、股間が突っ張ってしまう。

俺はまどかのふとももに目をやった。さわってみたいな、と素直に思った。まどかのことを『姉さん』と呼びながらセックスするシーンも容易に想像できた。ぜひ姉の役をやってもらいたいタイプの女性だ。

「千ちゃん、大丈夫かい?」

須川の声で、俺はハッとわれに返った。まどかのふとももから姉のことを思い起こし、しばらくぼんやりしてしまったらしい。

「すみません。ちょっと考え事をしていて」

「俺はもう出なければならないけど、彼女にいろいろ話してあげてよ」

「わかりました。俺にできることは、なんでも」

「頼むね。じゃあ、まどかさん、また近いうちに」

須川は伝票を持って立ちあがり、支払いを済ませて出ていった。

俺はあらためてまどかと向かい合う。

「ちょっと提案があるんだけど」

「なんでしょうか」

「年齢も近いみたいだし、これからはため口にしないか？」

まどかは少し驚いたようだったが、すぐににっこり笑ってうなずいた。

「なんだかうれしいわ。千さんみたいな方と、ため口で話せるなんて」

「その千さんもやめよう。千ちゃんはどうかな。須川さんと同じように」

「いいの？　そんなふうに呼ばせてもらっても」

「もちろん。俺もまどかちゃんって呼ぶからさ」

「わかったわ、千ちゃん」

これだけで、一気に親しくなれた気がした。

「長編のこと、考えてるの？」

「須川さんから言われて、ちょっとびっくりしてるところなの。官能は、このあいだ初めて短編を書いたばかりなわけだから」

「あれだけ文章がうまいんだから、長いのもきっと書けるよ。もちろん、官能シーンについては、もうちょっと勉強したほうがいいけどね」

「ですよね。あんなので、いいわけないもの」

まどかはおそらく、官能イコールセックス、と考えているのだろう。初心者にありがちな間違いだ。

「デビュー短編では、即、先生がやらせてくれちゃってただろう？　あれじゃぜんぜん面白くない。読者が望むのは、たぶんそこに至《いた》るプロセスなんだ」

「プロセス？」

真剣な表情で、まどかが問い返してきた。実際、本気で長編を書こうという気になっているのだろう。こうなったら、俺も精一杯、協力するしかない。

「主人公の高校生は、やりたくて仕方がない。これはもう明らかなんだけど、それがもうどうにも我慢できなくなるほどの設定が欲しいんだ。具体的に言っちゃうと、女教師のほうからの焦《じ》らしだね」

「焦らし？」

「誘いをかける行為、ってことになるのかな。ほら、まどかちゃんの『嵐の予感』の中に、友だちのお母さんが脚を組む場面があったじゃない？」

まどかはこっくりとうなずいた。

「あそこのシーン、俺はけっこう興奮したよ」

「あれだけで？」

「うん。書いてはなかったけど、スカートの裾が乱れて、ふとももが見えてくるところが目に浮かんできたんだ。そこでパンチラでも見えたら、もう完璧。それが焦らしってことになるんだ」

「なるほど。誘惑はしても、簡単にはやらせないほうがいいのね」

「そのとおり。俺なんか、実際の交接シーンよりも、そういう場面のほうが好きだし、読者も喜んでくれるんだ。ファンレターをもらったこともあるし」

「ファンレターなんて来るの？」

よほど意外だったらしく、まどかは目を丸くした。

「けっこう来るよ。何度も抜けました、なんて書いてあると、すごくうれしくなるんだ」

「抜けたって？　あ、ああ、なるほど」

まどかがぽっと頬を赤らめた。オナニーのことに思い至って、少し恥ずかしくなったのかもしれない。なにしろ、まだ官能に関しては、短編を一つ書いただけの新人なのだ。照れもあるに違いない。

まどかは最初から、膝の上に小さなノートを広げていた。話の途中で、ちょくちょくメモを取っている。こんなところにも、彼女のやる気を感じた。

「千ちゃんの作品、三つしか読んでないけど、近親相姦が多いじゃない？」

まどかが問いかけてきた。

「そうだね。全部ってわけじゃないけど、俺の中では主流だな。いま文庫を二十二冊出してるけど、相姦を扱ったのが十五冊くらいはあると思うよ」

「こんなこと聞いていいのかどうかわからないけど、それって、もしかして千ちゃんが経験してるってことなの？　近親相姦を」

よく尋ねられることなので、俺ももう慣れていた。官能小説は作家が実体験したことを書いている、と思い込んでいる人が意外に多いのだ。

「経験はないよ」

「ほんとに？　でも、あんなに具体的に書けるなんて……」

「夢なんだよ、まどかちゃん。官能小説は夢なんだ」

俺の官能の原点は、間違いなく姉への思いだ。いくら好きになっても、決して抱くことのできない相手。俺にとって姉はそういう存在なのだ。

なんとか姉を抱くことができないものか。そんな夢を物語にしたものを、俺は官能小説として発表してきた。姉を母や叔母《おば》に変えたりもするが、基本は同じだ。そのあたりを、まどかにもきちんと説明しておいたほうがいいだろう。

「俺にはひとまわり上の姉がいるんだ」

「お姉様？」

「うん。最初に好きになった女性は姉だった。まあ、初恋だね。性に目覚めさせてくれたのも姉だ。もちろん、何かしてもらったわけじゃないよ。うちの姉はミニスカートが好きでね。白いふとももに刺激されたんだろうな」

「へえ、身近なお姉さんを、そんなふうに見ることがあるのね。私にも弟がいるけど、たぶん私のことなんかぜんぜん意識してないと思うわ」

まどかはたぶん本気で言っているのだろう。だが、これだけセクシーな姉がいて、弟が女として見ないはずがない。

「弟さん、いくつ？」

「四つ下だから、いま三十七よ」

「まどかちゃんが気づいてなかっただけで、たぶん弟さんは、ずっとまどかちゃんをまぶしく見ていたと思うよ」

「そんな、まさか……」

「いや、まさかじゃない。健康な男なら、そうならないほうが不思議さ。きみはセクシーだ。こうやって向かい合ってるだけで、たまらなくなる」

「ほんとに？」

うなずく俺を見ながら、まどかはゆっくりとした動作で脚を組んだ。ただでさえ短い裾がずりあがり、ふとももが完全に露出してきた。ぴったりと閉じ合わされた内ももの奥には、淡いピンクのパンティーがのぞいている。

「大サービスだね、まどかちゃん」

「私の脚ぐらいで喜んでもらえるのなら、ほんとにうれしいもの」

「最高に感じるよ、まどかちゃん。弟さんも、たぶん同じだったと思うよ」

まどかのパンチラまで目撃して、俺はほんとうにたまらなくなった。とはいえ、ここで話をやめてしまうわけにはいかない。須川にも頼まれているのだ。彼女が長編を書けるように、俺なりに指導してやらなければならない。

「ごめん、まどかちゃん。ちょっと待っててくれる？」

「えっ？　え、ええ、もちろん」

俺は席を立ち、トイレに入った。ズボンとトランクスをおろして便座に腰をおろすと、即、ペーパーを用意した。その上で、すでにいきり立っているペニスを握り、猛然とこすり始める。

ああ、まどかちゃん……。

亀井まどかの全身像が、まず頭の中に浮かんできた。続いて、ミニスカートから露出していたふとももがズームアップされた。のぞいていた小さな三角形、パンティーの股布も思い出され、俺の手の動きがスピードを増す。

だが、ここで脳裏の映像が姉の桃香《ももか》に切り替わった。もうしばらく見ていないが、姉のむっちりした白いふとももが、脳内スクリーンいっぱいに広がる。

姉さん。ああ、姉さん……。

三こすり半、というわけにはいかなかったが、姉を思い浮かべると、俺はあっという間に射精した。左手に持ったペーパーで、噴出してきた白濁液を的確に受け止める。八回脈動して、ペニスはおとなしくなった。

俺はペーパーを水に流し、ズボンとトランクスを引きあげた。席をはずしてから、まだ十分とはたっていないだろう。

俺が席に戻ると、まどかは脚を組んだままだった。相変わらず魅惑的なふとももを露出させている。

「ごめんね、まどかちゃん。俺、我慢できなくなっちゃってさ」

「えっ？　我慢できなくなったって……」

「きみのふとももののせいだよ。たまらなくなったから、いま出してきたんだ」

「そ、そんな……」

さすがにびっくりしたようで、まどかは唖然《あぜん》としていた。頬が赤く染まってくる。それでも、決して俺を非難する態度ではない。

「まどかちゃん、独身のころ、家でもミニスカートをはいてたんだろう？」

「え、ええ、そうね。だいたいいつもミニだったわ」

「弟さんが刺激されなかったわけがないよ。毎晩、きみのことを考えながらオナニーをしていたはずさ。夜だけじゃない。いまの俺みたいに、我慢できなくなってトイレで出したりもしてたんじゃないかな」

まどかの頬が、いちだんと紅潮してきた。

「ほんとにそう思う？　うちの弟も、私を意識してたって……」

「ああ、もちろん。こんなにセクシーなお姉さんがそばにいて、意識しないわけがない。あっ、そういえば息子さんもいるんだよね」

「息子？　え、ええ。この春、大学生になったわ」

「彼も同じだろうな」

「えっ？」

本気で驚いているのが、俺にもよくわかった。息子が自分を女として見ているなどとは、まったく想像もしていなかったのだろう。

「彼のズリネタは、間違いなくまどかちゃんだったはずだよ」

「ズリネタ？」

「ああ、オナニーのときに思い浮かべる女性のことさ。いつも近くにいて、その魅力的な脚を見せつけられてたんじゃ、興奮しないわけがない。きみに夢中で、彼女なんか作る暇《ひま》はなかったんじゃないかな」

「雄《ゆう》ちゃんが、あっ、ごめんなさい。うちの息子が、私を抱きたがっていたってこと？」

俺はうなずいた。まどかを見ている限り、間違いないだろうと思った。

「きっとそうだよ。下着を汚されたこととか、ない？　たとえばパンティーだよ。精液べっとりになって、洗濯機に戻されていたこととか、なかった？」

少し考えるようにしたが、まどかはすぐにうなずいた。

「そういえば、そんなことがあったわ。でも、男の子でしょう？　女の下着に興味が湧くのは、当たり前なんじゃないかと思って」

「女に関心が湧いたから下着をいたずらしたんじゃないよ、まどかちゃん。彼は母親のきみに興味があったんだ。きみがつけた下着だと思えば、さわっただけで興奮するからね」

まどかの頬が、さらに赤く染まった。照れくさがっていると言うよりも、興奮してきたのではないか、と俺は思った。それならもっと興奮させてやろう、という気にもなる。

「俺もそうだったんだよ、まどかちゃん。姉さんの下着は、オナニーになくてはならないものだった。姉さんがうちにいたころは、毎晩、姉さんのパンティーを犯してたよ。姉さんは俺にとって、絶対的な存在だったんだ」

「ねえ、千ちゃん。ほんとにそう思う？　うちの子も、私のことを……」

俺は自信を持ってうなずいた。

「決まってるじゃないか。たまらなかったと思うよ。毎日学校から帰ってくれば、魅惑的なきみがいるわけだろう？　スカートからのぞいた脚を見ただけで、いや、きみのその顔を見ただけでも、もう勃起《ぼっき》してたんじゃないかな」

「そ、そんな……」

「冗談で言ってるんじゃないよ、まどかちゃん。中学生や高校生の男の子なんて、何回出したって、またすぐあそこが硬くなるんだ」

冷めてしまったコーヒーで、まどかは喉を潤した。目が潤みを帯びている。

「まどかちゃん、どう？　弟さんや息子さんが、たぶん自分をオナニーの対象にしてるって聞いて、どんなふうに感じた？」

まどかは少し考え込んだ。やがて、おずおずと口を開く。

「不思議なんだけど、なんだか、う、うれしいわ、私」

「それだよ、まどかちゃん。俺はそれが聞きたかったんだ。オナニーをしてもらえてうれしい。ズリネタにしてる女の人にそう思ってもらえたら、男としては最高だからね」

すでに気に入りかけていたが、俺はますますまどかが好きになった。まどかはズリネタの鑑《かがみ》と言ってもいい。

「千ちゃんのお姉様はどうなのかしら。千ちゃんが自分を抱きたいって思ってることを知ったら」

当然、飛んでくるはずの質問だった。俺も答えを用意している。

「俺は考えないことにしてるんだ。姉さんは、いてくれるだけでいい。でも、実は姉さんの友だちに一人、俺の気持ちを知ってる人がいるんだ」

「お姉様のお友だち？」

「小学校のころからの仲良しで、俺もよく知ってる人なんだけど、ある日、言われたんだ。浩ちゃん、桃香を抱きたいんでしょう、って」

「そ、それで？」

「白状させられたよ。俺の本音をね。そうしたら、桃香なら絶対にこたえてくれるから、迫ってみろって言われちゃってさ」

「迫ったの？　お姉様に」

俺はややうなだれながら、首を横に振った。

「そんなことができれば、苦労はしないんだけどね。できなかったよ」

「どうして？　そんなに好きなのに」

「嫌われたくなかったんだろうな、姉さんに。浩ちゃん、何を馬鹿なこと言ってるの？　なんて言われちゃったら、もう生きていけなくなっちゃうからさ」

これまでの四十年の人生の中で、姉に思いを打ち明けようと考えたことがなかったわけではない。姉の結婚式の前夜、俺はまだ十三歳だったが、告白するために、もう少しで姉の部屋に出向くところだった。だが、駄目だった。仲のよい姉弟のままでいたい。その気持ちのほうが強かったのだ。

「つらいわね。抱けない人を愛し続けるっていうのは」

「まあね。でも、姉さんを好きでいることが、俺の幸せでもあるんだ。それがわかってるから、さっき言った俺をけしかけた人も、慰《なぐさ》めてくれたんだ。『お姉さんごっこ』でね」

「お姉さんごっこ？」

「私が桃香になってあげる、って言ってくれたんだ。夢中になったよ。彼女のことを『姉さん』って呼びながらセックスができるんだから」

「まあ、すごい」

姉の友だちは浜本夏美《はまもとなつみ》という人で、俺にとっては初体験相手でもあった。当時、俺は十八、彼女は三十だった。結婚していて、夫の転勤とともにあちこち引っ越しているからなかなか会えないが、いまでも年に一度くらいは機会を作ってくれるし、そのたびに俺たちは『お姉さんごっこ』を楽しんでいる。

「千ちゃん、普通の恋はできなかったってこと？」

まどかが尋ねてきた。

「まあ、仕方がないよね。どうしても好きな人がいるわけだから」

「その人と『お姉さんごっこ』ができないときはどうするの？」

「風俗にそういうところがあるんだ。近親相姦とかのストーリープレイを売り物にしてるところがね。いくつかそういう場所を知ってるから、適当に欲望は発散してるよ」

唐突に、まどかが身を乗り出してきた。

「私じゃ、駄目？」

「どういうこと？」

「その『お姉さんごっこ』の相手よ。私じゃできないかなあ」

きょうまどかと出会ったとき、いつかはそんなふうになれればいいな、と思ったのは事実だった。俺がおねだりする前に、まさかまどかのほうから誘ってくれるとは、考えてもいなかった。

「そりゃあまどかちゃんなら理想的だけど……。でも、いいの？」

「もちろんよ。千ちゃんにはこれからもいろいろ教わらなきゃならないし、それに私もすごく興味があるわ、『お姉さんごっこ』。弟に抱かれてるみたいな気分になれるかもしれないし」

「あっ、それだよ、まどかちゃん。いい思いをする俺が言うべきことじゃないけど、まどかちゃん自身がストーリープレイを楽しめるようになれれば大したもんさ。きっと相姦を扱《あつか》った長編が書ける」

いつか彼女に姉弟や母子相姦の物語を書かせてみたい、と本気で思った。鍛《きた》えれば書けるだろう、という自信のようなものも湧いてきている。

「さっそく甘えてもいいかな？　まどかちゃんが相手なら、俺、いますぐにでも『お姉さんごっこ』をやりたいんだけど」

「もちろんいいわよ」

「わかった。じゃあ、ホテルを取るね」

俺は即、水道橋にあるシティーホテルのダブルルームを予約した。

ホテルの部屋に入ると、まどかはさっさと服を脱ぎ、パンティーとキャミソールだけの姿になった。ここへ来るタクシーの中から、俺たちはもう姉と弟になりきっている。俺は彼女を「姉さん」と呼び、彼女は俺を「浩ちゃん」と呼んでくれているのだ。

まどかは俺の足もとにひざまずいた。ズボンとトランクスを、あっという間に足首までおろしてしまう。

「まあ、すごい。浩ちゃんったら、もうこんなに」

まどかは右手を出してきて、あらわになった肉棒をやんわりと握った。先端を自分のほうへ向け直すと、舌を突き出し、亀頭の先をつつくように舐《な》める。

「うわっ、姉さん。そ、それ、すごい」

あまりの心地よさに、俺は危うく射精するところだった。なんとか暴発は免《まぬが》れたものの、まどかは相当なテクニシャンのようだった。せっかくの機会なのだ。もっと楽しませてもらわなければもったいない。

続いてペニスの裏側を、まどかは縦に舐めあげた。これもなかなか強烈だった。短い間隔で、何度も射精感が押し寄せてくる。

そして間もなく、まどかは肉棒を頬張った。一度根元まで口に含んでから、ゆっくりと顔を戻し、また奥まで飲み込む。

「ああ、姉さん。最高だよ。姉さんに口でしてもらえるなんて……」

口いっぱいにペニスを頬張ったまどかの顔が、俺には完全に姉のものに見えていた。決して実現はしないだろうが、姉にこうやって口唇愛撫《こうしんあいぶ》を施してもらうことを、どれほど夢見ていたことだろう。

見おろしている俺の目に、刺激的な光景が飛び込んできた。俺のペニスに添えた手を左手に替え、まどかは右手を自らの股間におろしていたのだ。パンティーの上から、淫裂に沿って縦に撫でつけている。

姉さんも、オナニーなんかすることがあるんだろうか？　俺のことを想像しながら、あそこをいじってくれてるといいなあ……。

そんなあり得ないことを考えているうちに、まどかの愛撫が激しさを増し、俺は一気にたまらなくなった。口内発射にも魅力は感じるが、俺の力で、まどかにも少しは感じてもらわなければならない。

俺は両手をおろし、まどかの頬を挟《はさ》みつけた。

「すてきだったよ、姉さん。あとはベッドで。ねっ？」

うなずくまどかを見ながら、俺は靴を脱ぎ、足踏みをするようにして、足首にからみついていたズボンとトランクス、それに靴下をはずした。上半身に着ていたものも、あっという間に取り去る。

すっかり裸になった俺はまどかの体を抱きあげ、ベッドに運んだ。メークされたままだったが、かまわなかった。毛布の上にまどかをおろし、俺も隣に身を横たえた。唇を合わせながら、右手でパンティーをおろし始める。

まどかも腰を浮かしてくれたので、パンティーは簡単に剥《は》ぎ取ることができた。唇を離し、俺はまどかに大きく脚を開かせ、その間で腹這《ば》いになった。ふとももを両手で下から支えるようにしながら、秘部に顔を近づけていく。ヘアは濃いめだった。淫裂は、すでにあふれ出た蜜液で潤っていた。これまでかなりの経験をこなしてきているはずなのだが、まどかの秘唇はきれいなピンク色をしていた。ある種のいとおしさを感じながら、俺は舌を突き出した。下から上へ舐めあげる。

「ううん、ああ、浩ちゃん」

まどかの悩ましいあえぎ声も、俺の耳には姉である桃香の声に聞こえていた。何度か縦の愛撫を続けたあと、俺は舌先を秘唇の合わせ目に移動させる。まどかのクリトリスは、やや大きめだった。包皮から剥き出しになって、存在を誇示していた。まずはそっと、その肉芽に舌を這わせる。

「ああっ、駄目。駄目よ、浩ちゃん。でも、でも、ああ、いい……」

間違いなく、まどかは感じてくれているようだった。俺は舌先をとがらせ、小さな円を描くように動かした。肉芽をこねまわす。

「す、すごいわ、浩ちゃん。すごく、い、いい……」

俺は右手をまどかのふとももから放し、自分の顎《あご》の下に持ってきた。中指の腹を上に向けて、淫裂に突き入れる。指の腹に、細かく刻まれた肉襞が当たってきた。舌の動きを止めないまま、俺は指を前後に動かし始めた。指が肉襞をこそげるような形になる。

まどかのお尻が、ベッドから浮きあがった。

「だ、駄目よ、浩ちゃん。ほんとに駄目。私、私、もう、ああっ」

秘部を宙に突き出すようにして、まどかはがくん、がくんと全身を震わせた。どうやら絶頂に達することができたらしい。

まどかのお尻がベッドに落下してきたところで、俺は秘部から顔を離し、肉洞から指を引き抜いた。あらためて、まどかの隣に添い寝する。少し汗ばんだ額《ひたい》に手をやって撫でてやると、まどかがつぶっていた目を開けた。

「もう、浩ちゃんったら、すごいんだから。びっくりしちゃった」

まどかはまだ姉のままでいてくれた。俺も姉をいかせることができたような、実にいい気分になっている。

「ねえ、来て、浩ちゃん」

「えっ？　いや、まだいいよ。もう少し休んでからで」

「ううん、駄目。いますぐ欲しいのよ、浩ちゃんが」

俺は膝立ちになって、まどかの脚の間に入った。体を重ねていこうとすると、まどかが右手で肉棒を握った。先端を淫裂へと誘導していく。

「いいんだね、姉さん。俺、姉さんの中に入っても」

「そうよ、浩ちゃん。待たせちゃって、ごめんね。入ってきて、私の中に」

俺はぐいっと腰を進めた。張り詰めた亀頭がまず淫裂を割り、続いて肉棒全体が、ずぶずぶとまどかの肉洞の中にもぐり込む。

ああ、入った。とうとう姉さんの中に……。

俺は、姉とのセックスを果たしたという気分になっていた。これまで風俗のストーリープレイで何度となくしてきたことだが、今回は感動が違った。ほんとうに姉と交わることができたような気分になっている。

「いいのよ、浩ちゃん。好きに動いて、もっともっと気持ちよくなって」

「ああ、姉さん」

まるで童貞に別れを告げるときの少年のように激しく腰を使い、間もなく俺は射精した。熱く煮えたぎった欲望のエキスが、まどかの肉洞内にほとばしっていく。久しぶりに味わった、最高の快感だった。


「よかったよ、まどかちゃん。俺、まじで姉さんを抱いてるみたいだった」

ベッドに並んで横たわり、俺はまどかの耳もとにささやいた。

まどかはにっこり笑い、右手で俺の左手を握りしめる。

「私もすごくよかったわ。ほんとにあなたのお姉さんになれたみたいで」

「まどかちゃん、これを書きなよ」

意味がわからなかったらしく、まどかは少しとまどいの表情を浮かべた。

「弟さんがいるんだろう？　その弟さんと、とうとう結ばれた、って話を書くのさ。リアリティーがあるし、きっとすごい小説が書けるよ」

「そうかしら」

「ああ、絶対だよ。もちろん俺も手伝う。官能のコツとか、教えるし」

「千ちゃんがそこまで言ってくれるのなら、書いてみようかな」

まどかなら書けるだろうな、と俺は確信した。俺とすごしたこの時間をそのまま文章にしただけでも、かなり面白いものになるに違いない。

「思い立ったら早いほうがいい。きょうから書きだしなよ」

「きょうから？」

「うん。うちに帰ったら、まず俺とやった『お姉さんごっこ』を、そのまま文章にしてみるんだ。べつに小説の体《てい》をなしていなくてもいい。そこから広げていけば、きっと面白い話になるから」

まどかはうなずいた。ほんとうに書こうという気になったらしい。

俺は俺で、まどかとの体験は貴重だった。姉のことを想像しながら、また一本、小説が書けるような気がしてきた。

「まどかちゃん、定期的に会える？」

「もちろんよ。私のほうがお願いしたいくらい」

「頑張ろうね」

まどかと唇を合わせると、おとなしくなっていたはずの俺の肉棒が、また騒ぎだした。きょうはこのままでは帰れそうもなかった。

第三章　悪い子ね、もうこんなに大きくして

同人誌の仲間である時田健一から官能小説を書いてみないかと勧められ、栗桃書房の須川という編集者を紹介された。須川は参考になればと言って、官能作家である東山千の文庫本を三冊渡してくれた。

官能などほとんど読んだこともなかった私は、東山の本に圧倒された。母と息子、姉と弟など、禁断の相姦関係を、東山は描ききっているのだ。

自分の実生活にはまったく縁のない話だとは思ったけれど、須川の言うとおり、かなりのヒントにはなり、亀井まどかというペンネームで、三十枚の短編を書きあげることができた。

その須川から、今度は長編にトライしてみないかという話をもらい、作家の東山自身に会えることになった。いろいろ指導してもらえ、と須川から言われ

てはいたが、東山との出会いは私にとって衝撃的だった。

官能小説は自身の性的な経験をもとにして書くもの、と私は思っていた。実際、須川の雑誌に短編を書かせてもらったときは、一生懸命、自分の性体験をひねり出した。だから当然、東山も相姦の経験があるものと思っていた。

だが、違った。官能小説は夢。東山はそう言った。彼にはひとまわり年上の姉がいて、性に目覚めたころから、ずっと姉のことが好きだったらしい。姉を抱きたいという強い思い、その夢を小説にしている、と彼は言う。

東山は独身で付き合っている女性もおらず、性的な欲望は『お姉さんごっこ』をさせてくれる風俗嬢の体で満たしているのだそうだ。私も体験させてもらった。東山の姉になったつもりで、彼のことを『浩ちゃん』と呼び、私自身は『姉さん』と呼ばれながら抱かれたのだ。

まどかちゃんの弟さんや息子さんも、絶対にまどかちゃんのことを女として見ているはずだよ……。

東山のその言葉に、私はびっくりするしかなかった。私には四つ年下の弟、俊《しゅん》と、今年大学に入ったばかりの息子、雄平《ゆうへい》がいる。弟として、息子として、二人のことはもちろん大好きだが、これまで彼らを一人の男として意識したことなど一度もなかった。

不思議だったのは、二人が私を性的に見ているはずだと聞いて、驚きはしたものの、いやな気持ちはまったくしなかったことだ。もっと言えば、なんとなくうれしささえ感じた。息子の雄平に関しては、特にそうだった。

雄ちゃん、ママとしたかったの？

そんなふうに、息子に問いかけてやりたいような気分にさえなった。そのとき、私はハッとなった。これが私の夢になるかもしれない、と思ったのだ。官能小説は夢の表現だ、と東山は言っていた。雄平とのことを夢として書いていけば、長編になる可能性はある。

それでも、なかなか書き始めることができないでいるうちに、時田健一から電話が来た。あれから二カ月、一度も会ってはいないが、ときどきこうして電話をかけてくる。そろそろまた私の体が欲しくなったのかもしれない。

——幸子さん、食事でもどうですか。ワインのおいしい店があるんです。

当然、食事だけでは終わらないだろうが、私は付き合うことにした。

「いいわよ。いつ、どこへ行けばいいの？」

――早いほうがいいですね。今夜はいかがですか。

「ずいぶん急ね。でも、かまわないわ」

――じゃあ、七時に車で迎えに行きます。マンションの下まで。

私が承諾《しょうだく》して電話を切ると、まだ午後二時になったばかりだった。小説を書いて生きていけると思ったわけではないが、法律事務所の仕事は週四日に減らしてもらった。きょうは一日、長編の構想を練ろうと思っていた。そういえば、時田は自らマザコンだと白状した男なのだ。彼と話せば、それもまた小説を書くうえでの参考になるかもしれない。

出かけるまでの時間は、とにかくストーリーを考えることにした。筋立てのことをプロットと呼ぶらしい。須川からは、来週ぐらいまでにはプロットをちょうだいよ、と言われている。

雄平がオナニーをしているところに、私が入っていってしまう。東山にもらったヒントから、私はそんな物語のスタートを考えた。雄平の手には私のパンティーが握られていて、股間ではペニスが硬くそそり立っている。

「ああ、雄ちゃん……」

驚いたことに、そんなシーンを想像しただけで、私は興奮してしまった。雄平が中学と高校のころ、下着を汚されたことが何度もあった。朝、洗濯機をのぞくと、前の晩に私が脱いだパンティーに、精液がべっとりとついていたのだ。単に女性の下着に興味が湧いただけ、と私は思っていたのだが、東山は否定した。雄平は間違いなく私の体に興味を持っているはずだ、と東山は言う。

息子のオナニーシーンに直面したら、私はいったいどんな言葉をかけるのだろう。雄平はたぶんあわてるはずだ。股間を隠しながら、どうして黙って入ってきたんだ、と私を責めるかもしれない。あるいは、あまりの恥ずかしさで何も言えなくなってしまうだろうか。

官能小説では、相手がやりたがっていても、すぐにやらせては駄目。焦らしが必要だ、と東山に注意された。誘惑しながら、すぐにはやらせない。それにはどんな言葉を吐けばいいのだろうか。

「ママのパンティー、いつも汚してるわよね、雄ちゃん」

——ご、ごめんなさい。

雄平の声が、すぐに聞こえてきたような気がした。続きの言葉が浮かぶ。

「もしかして、ママとしたいってこと？」

――う、うん。ずっと前からしたかった。ママの脚を見てると、ぼく、たまらなくなっちゃうんだ。

「私の、脚？」

うなずく雄平の顔を想像すると、下腹部が熱くうずいた。

ああ、もう駄目だわ。私、感じてきちゃった……。

ダイニングのテーブルの前に座っているのだが、私は右手をおろし、部屋着のスカートの中にもぐり込ませた。中指の腹の部分を使って、パンティーの股布を縦になぞってみる。

「ううん、ああ、雄ちゃん……」

小説のせりふではない声がもれた。パンティーはすでに濡れていた。息子がオナニーしているところを想像しただけで、どうやら私は感じてしまったらしいのだ。蜜液がどんどんあふれてくる。

駄目よ、ちゃんと物語を考えなくちゃ……。

「ママとそんなこと、できるわけないでしょう？　わかるわよね、雄ちゃん」

厳《きび》しい声で、私が言う。雄平はたぶんうなだれるだろう。

「あなたと私は親子なのよ。セックスなんかしたら、大変なことになるわ」

——どうして？

「どうしてって、当たり前じゃないの、そんなこと」

ここで私は悩む。果たして当たり前なのだろうか、と。私だって考えもしなかったぐらいだから、そういう関係になっている母子は少ないはずだ。だが、しないのが当たり前という考え方が正しいのかどうか、はっきりはしない。

——ぼく、ほかの人じゃ駄目なんだ。ママ以外、考えられないんだよ。

「そんなこと言われたって……」

私は困惑する。だが、愛する一人息子のためなのだ。なんらかの形で解決方法を見つけてやらなければならない。

——ねえ、ママ、セックスじゃなければいいの？

雄平からそんな質問が飛んでくることを考えた。

「セックスじゃなければって、どういう意味？」

――だから、いろいろあるじゃない。手で出してくれるとか……。

「手で？」

こういうやりとりは、どうだろうか。どちらかというと息子に主導権がある雰囲気だから、東山あたりからは駄目出しされるかもしれない。

やはり私のほうから、手で出してあげようか、ぐらいは言ってやったほうがいいのだろうか。

ストーリーを考えながらも、私は指を動かし続けていた。パンティーの股布は、もうぐっしょり濡れていた。私はパンティーの脇から、人差し指と中指の二本をもぐり込ませた。蜜液まみれの淫裂を撫であげる。

「あっ、ああ、雄ちゃん」

もう物語を構築するだけの集中力はなくなっていた。中指の先で秘唇の合わせ目を探ると、肥大したクリトリスが当たってきた。ぐりぐりとこねまわす。

「あっ、駄目よ、雄ちゃん。ママ、いっちゃいそう」

完全にオナニーのほうに意識が移ってしまった。指の動きを速める。頭の中の雄平は、私のほうを見ながら、ごしごしと肉棒をしごきたてる。

「いいのよ、雄ちゃん。ママのこと考えて、いくらでもオナニーしてちょうだい。ああ、雄ちゃん」

私の体に、絶頂の到来を示す痙攣《けいれん》が走った。と同時に、脳内スクリーンの上で、息子のペニスが爆発した。大量の白濁液が、宙に飛び散っていく。

「ああ、雄ちゃん」

ひと言つぶやき、私はテーブルの上に突っ伏した。

「もうずいぶん前になりますけど、ありがとうございました」

ランドマークタワーの近くにあるレストランで席に着くと、時田はそう言って頭をさげた。

「ほんとに夢が叶いました」

「いいのよ。私もちゃんと楽しませてもらったんだから。私のほうこそ、お礼を言っておかないとね。須川さんを紹介していただいたわけだし」

「あっ、読みましたよ、幸子さんの小説。すごくいいじゃないですか」

「ううん。東山さんには、ただやらせるだけじゃ駄目だ、って怒られたわ」

私の言葉に、時田はハッとなる。

「東山って、東山千のことですか」

「そうよ。長編を書くうえで、きっといいアドバイスがもらえるだろうって、須川さんが紹介してくれたの」

「長編？　幸子さん、もう長編が決まってるんですか」

「ううん、まだよ。書いてみないか、って言われてるだけ。来週ぐらいまでに、プロットを出すことになってるの」

私はもうすっかり長編を書こうという気になっている。雄平のことをテーマにすれば書ける。そんな自信も湧いてきていた。

「ぼくも協力できるといいんですけどね」

「ああ、ぜひ協力してちょうだいよ。東山さんに影響されたわけでもないんだけど、私、近親相姦のことを書こうと思ってるの」

「近親相姦？　へえ、そうなんだ。まさに東山千の世界ですね。彼の本は、ぼくも何冊か読んでますよ。幸子さん、彼とはどんな話をしたんですか」

時田は、やや不愉快そうな言い方をした。ヤキモチを焼いているらしい。時田と私は、べつに付き合っているわけではないが、いろいろ言われるのは面倒な気がした。東山に抱かれたことは話さないほうがいいな、と判断する。

「教えてくださいよ、幸子さん。東山千と何を話したんですか」

尋ね方が、けっこうしつこかった。私と東山の関係を疑っているのだろう。ある程度は、話してやってもいいかな、という気になる。

「彼にはね、ひとまわり上のお姉様がいるんですって。彼はそのお姉様が大好きで、ほかの人じゃ駄目なのよね」

「つ、つまり、彼はお姉さんとそういう関係になってるってことですか」

私は首を横に振った。

「それは無理だって、最初からあきらめてたみたい。だから、ほかの人に『お姉さんごっこ』をやってもらうんですって」

「お姉さんごっこ？　なんですか、それ」

「相手の女性に、お姉様になってもらうのよ。自分のことを弟として扱ってもらいながら、セックスをするの。風俗で、そういうのを売り物にしてるところがあるそうよ」

ここでテーブルにワインが届き、私たちはまずグラスを合わせた。ひと口飲んだところで、私はずっと思っていたことを口にする。

「あなた、私のことを好きだって言ってくれたわよね。お母様を超えることができた女性だから、って」

「ええ、言いました。そのとおりですから。母を超える女性なんて、絶対にこの世にいないと思ってました。でも、いたんです。幸子さんが」

「うーん、私、考えたんだけど、それはちょっと違うんじゃないかしら」

「違う？　何が違うって言うんですか」

マザコンであると告白してきた時田を、私はかわいいと思った。このあいだ抱かれたわけだが、行為の最中にも、かわいいなと感じるところがいくつかあった。だが、私はべつに彼のことが好きになったわけではない。

「あなたはお母様にあこがれてきた。ほかの人を女性として見ることができなかった。簡単に言ってしまえば、お母様とセックスがしたかったわけよね」

「え、ええ、まあ……」

「ここまでは東山さんと同じ。彼の場合はお姉様だったけどね。あなただって、お母様とそういう関係にはなれないって、あきらめてたんでしょう？」

時田はうなずいた。かなり硬い表情になっている。

「そこへ私が現れた。気に入ってくれたのは確かなんでしょう。でも、それは私を愛したというわけじゃない。お母様の代わりができたってことなのよ」

「母の、代わり？」

「そう。あなたはお母様の代わりが欲しかった。それには私がぴったりだったんじゃない？　私があなたの言うことを聞いたから、あなたはお母様の代わりに私を抱いた。東山さん流に言えば、つまりは『お母さんごっこ』ね」

「ち、違います。絶対に違います」

時田は憤然《ふんぜん》となった。

「何度も言わせないでください。ぼく、本気なんです。本気であなたのことが好きなんです。母の代わりだなんて、思ってもいません」

「落ち着いてちょうだい、時田くん。あなたのことは信じてるわ。こんなおばさんを好きになってもらえて、感謝もしてる」

「そんな、おばさんだなんて……」

「事実よ。私はもう四十一のおばさん。それはいいの。あなたとこうやってお付き合いするの、いやではないわ。でも、このままお母様を忘れてしまっていいのか、ってことなのよ」

「母を、忘れる？　そんなつもりはありませんよ。母は母として、大切にしてるつもりです」

「そうじゃないのよ、時田くん。あなたは一人の男として、一人の女であるお母様を愛した。それは確かでしょう？」

「それは、まあ……」

　私は東山の言葉を思い出した。自分にとって姉は絶対的な存在だ。彼はそんなふうに言っていた。セックスなんかできなくても、一生、自分は姉を愛していくだろう、と。だから彼は結婚もせず、だれとも付き合わず、欲望は風俗の『お姉さんごっこ』で満たしているのだ。

　そんな東山の姿勢が、私はいやではなかった。むしろ好意を持った。雄平も私のことをそんなふうに思ってくれたら、などと考えたのも事実だ。

「あなたは私と付き合うに当たって、お母様を忘れようとした。女としてのお母様をね。違う?」

時田は少し考え込んだ。だが、たぶん私の言ったことは間違っていない。やがて小さくうなずく。

「ずっと悩んでましたからね。母と男女の関係になんかなれるわけがないし、いつかは忘れなくちゃいけないって。そのためには、母を超える女性に出てきてもらわなくちゃならない。そんなふうに考えていたとき、幸子さんに出会えたんです。人の奥さんだってわかっても、好きにならずにいられませんでした。

あなたなら母を超えられる。そう思えたから」

「ねえ、時田くん。私がお母様を超える必要なんかないのよ」

「必要ない?」

「あなたにとってお母様は、いままでどおりでいいの。絶対的な存在でね」

「絶対的な存在、ですか。確かにそうかもしれません」

私は東山の言葉を借りた。いい言葉だな、とあらためて思う。

「つまり、お母様はあなたにとって最高の女性。私、ぜんぜんいやじゃないわ、そういうの。あなたがお母様の代わりに私を抱きたいのだとしたら、それはそれでかまわない。喜んで『お母さんごっこ』のお相手をするわ」

「幸子さん」

　時田は絶句した。

　ここで料理が運ばれてきて、私たちはナイフとフォークを手に取った。しばらくの間、黙って食事を進めたが、時田はずっと考え込んでいるようだった。一段落したところで、ふーっと深いため息をつく。

「さっきはどきっとしました。幸子さんが、『お姉さんごっこ』をしてくれる風俗の話をしたときは」

「あなたなら当然、そういうものがあれば気になるわよね」

「セックスは幸子さんが初めてでしたけど、風俗へは行ったことがあります」

「そこで『お母さんごっこ』をしてもらったのね？」

　時田はうなずいた。

「相手をしてくれた女の人のことを『ママ』って呼びながら、手で出してもらいました」

「そうだったんだ。気持ちよかった？」

「え、ええ。ちょっとだけ、母にしてもらってるような気分を味わえました」

「それでいいのよ。私のことも、『ママ』って呼んでくれてかまわないわ」

「幸子さんを、『ママ』って？」

「そうよ。気が済むまで、ずっと続けてくれてかまわないわ」

「ほんとにいいんですか？」

私は首肯《しゅこう》した。雄平のこともあって、私自身、『お母さんごっこ』がしたくてたまらなくなっているのかもしれない。

「あなたのしたいようにして」

「幸子さん。ぼく、なんて言ったらいいか……」

時田は感激したようだった。母への秘めた思いを、おそらくこれまではだれにも話せなかったのだろう。それを打ち明けたうえで、相手の私が『お母さんごっこ』をしてもいいとまで言っているのだ。うれしくないはずがない。

「今夜、さっそくする？」

私が言うと、時田は少しだけ頬を赤らめた。

「実はもうホテルを予約してあるんです。ランドマークタワーのホテルを」

「まあ、すてき。きっといい思い出になるわ」

新しく届いたワインを口にし、私たちは自然に食事の手を速めた。

時田が予約してくれた部屋は、なんと地上六十七階にあった。横浜の夜景が一望できる、すばらしいところだった。それだけでも私は感激してしまう。

車の中で、私たちの『お母さんごっこ』はすでに始まっていた。彼の母親がしているように、私は彼を「健ちゃん」と呼び、彼は私を「ママ」と呼んだ。息子の雄平も私のことを同じように呼んでいるから、私にとってもこれは『お母さんごっこ』になりそうだった。つい間違って「雄ちゃん」と呼ばないように注意しなければならない。

まず私がしたことは、ベッドのメイクを崩《くず》すことだった。抱き合うのに毛布は不要だ。清潔そうな白いシーツを、すっかりあらわにする。

そんな私を見つめながら、時田が言う。

「ママ、すてきだよ、とっても。そのドレス、ぼく、大好きだよ」

佐伯賞の受賞パーティーのときと同じで、私はロングドレスを着てきていた。

きょうはベージュ系だ。脚の付け根くらいまでの深いスリットが切られていて、普通に歩くだけでも、ふとももがかなり大胆に露出してくる。きょうは白いガーターベルトから、オフホワイトのストッキングを吊っている。

「ありがとう、健ちゃん。あなたに喜んでもらえて、ママ、うれしいわ」

「ああ、ママ」

立ったまま抱き合い、私たちは唇を重ねた。きょうは積極的に、時田が私の歯を割って舌を突き入れてきた。濃厚に舌をからめ合う。

長いくちづけを終えると、時田はすでに頬を紅潮させていた。

「夢みたいだよ、ママ。まさかママを抱けるなんて」

「ごめんね、健ちゃん。あなたの気持ちに気づいてあげられなくて」

「いや、いいんだ。こうやって、機会を作ってくれたんだから」

私の脳裏には、やはり雄平の顔が浮かんでいた。官能作家の東山にそう指摘されただけで、まだほんとうに雄平が私のことを女として見ているのかどうかはわからない。だが、いまはそうであってほしい、という気持ちになっていた。

あの子が望むのなら、抱かれてもいいとさえ思っている。

「ぼく、もう小学校のころからママに夢中だったんだ。ほかの女のことなんて、ぜんぜん目にも入らなかったよ」

私を自分の母親に見立てて、時田が熱い思いを告白してきた。

「あなたが中学生のときだったかしら。よく私の下着を汚してたでしょう」

「ママ、気づいてたの？」

雄平との体験から私はこんな話をしたのだが、どうやら時田も同じことをしていたらしい。東山の言ったとおり、母親を女性として意識する男の子は、けっこう多いのかもしれない。

「そりゃあ気づくわよ。毎朝、洗濯機をのぞくと、白いのがべっとりついたママのパンティーが入ってるんだもの」

「ごめんね、ママ。ぼく、我慢できなかったんだ」

「いいのよ。でも、ほとんど毎晩だったわよね」

「うん。ママがお風呂に入ったあと、いつも洗濯機の中からママのパンティーを持ち出してたんだ。ママの体にさわれないのなら、せめてママの大事なところに触れていた下着にさわりたいと思って」

雄平も単に女性の下着に興味があったわけではなく、そんな気持ちで私のパンティーを部屋に持ち込んでいたのだろうか。本人に確かめてもいいが、ちょっと怖い気もする。違っていたら、落ち込んでしまうかもしれない。

「ママ、脚にさわってもいい？」

「脚？」

「うん。ママの体ならどこだって好きだけど、ぼく、脚が一番なんだ」

そういえば何年か前に、雄平から脚を褒められたことがあった。確か海へ行ったときだったと思うが、水着姿の私を見ながら、ママの脚はきれいだね、と言ってくれたのだ。うれしい気持ちはあったが、私は適当に聞き流していた。もしかしたらあれは、あの子なりの告白だったのかもしれない。

「いいわよ、健ちゃん。さわって、ママの脚に」

時田はうなずいて、その場にしゃがみ込んだ。深く切られたスリットから両手をもぐり込ませてきて、私のふとものあたりに抱きつく。

「ああ、ママ。やっぱりすごい。ママの脚、最高だ」

ストッキングが途切れ、ふとももの地肌があらわになった部分に、時田の両手があてがわれた。まるでいとおしむように撫でまわす。

ああ、雄ちゃん。あなたもこんなふうにしたかったの？　ママの脚がきれいだって言えば、ママがさわらせてくれると思った？　言ってくれればよかったのよ。ママの脚にさわりたい、って……。

私の頭の中にあるのは、やはり雄平の顔だった。海で私の脚を褒めてくれたとき、あの子は股間を熱くしていたのだろうか。雄平のはいていた海水パンツの前がふくらんだ様子を想像すると、私はいきなりたまらない気分になった。子宮の奥がうずき、蜜液がどっと湧き出てくる気配がある。

時田は何も言わず、ただひたすら私のふとももを撫で続けていた。目を閉じて、うっとりとした表情を浮かべている。

「健ちゃん、そろそろ脱がせてくれない？」

「あっ、ごめん、ママ。ぼく、つい夢中になっちゃって」

ハッとしたように目を開け、時田はドレスの中から両手を引き抜き、立ちあがった。私が彼に背中を向けると、きょうは手が震えることもなく、しっかりとジッパーをおろしてくれた。彼のほうへ向き直り、私は両肩に手をやって、彼を焦らすような気持ちで、ことさらゆっくりとドレスを床まで引きおろす。

「きょうの下着は白なんだね。とってもすてきだよ。このあいだの黒も好きだったけど、ぼく、これも好きだな」

「よかった。健ちゃんに喜んでもらえて」

心の中では、「雄ちゃん」と呼びながら言い、私はハイヒールを脱ぎ、時田の足もとにひざまずいた。きょうの時田はチノパンだった。前の部分が、すでにふくらんでいる。

「悪い子ね、もうこんなに大きくして」

勃起に軽く触れてやると、時田は身もだえた。

「うっ、ううっ、た、たまらないよ、ママ」

「まだまだよ。もうしばらく、我慢してくれなくちゃ」

私はベルトをゆるめ、チノパンとトランクスを一緒にして、足首まで引きおろした。あらわになったペニスは、完璧なまでに勃起していた。先走りの透明な粘液で、亀頭の表面が濡れている。私のふとももにさわっただけで、かなり感じてくれたのだろう。

右手でそっと肉棒を握りながら、私は裏側をすっと縦に舐めあげた。

「ああっ、ママ。き、気持ちいい」

縦の愛撫を繰り返したあと、私は陰嚢《いんのう》に舌を這わせた。中にある睾丸をころがすように、存分に舌をうごめかす。

「変だよ、ママ。ぼく、なんか変だ。だ、だ、駄目だ、ママ。ぼく、ああっ」

私としても、えっ？　という思いだった。陰嚢への愛撫など、時田にはもちろん初めての経験だったのだろう。意外にも相当に感じたらしく、時田はペニスを暴発させてしまったのだ。欲望のエキスは真上に向かって発射され、一部は私の肩に落ちた。あとは床にぶちまけられる。

十回近くも脈動して、ペニスはようやくおとなしくなった。

「ご、ごめん、ママ。気持ちよすぎて、ぼく……」

「いいのよ、健ちゃん。感じてくれて、ママもうれしいわ」

肩についた精液はそのままにして、私は亀頭に残った白濁液を舐め取り、そのまますっぽりと肉棒を口に含んだ。唇をすぼめ、時田が出し残した液体を、最後の一滴まで吸い込んでしまう。

驚いたことに、かなり大量に放出したというのに、時田のペニスはまったく勢いを失っていなかった。私の口の中で、完璧に硬度を保っている。

「すごいよ、ママ。ママがくわえてくれたら、ぼく、また感じてきちゃった」

私は肉棒を解放し、立ちあがった。ティッシュで肩についた精液を拭《ぬぐ》い、あらためてしゃがみ込んだ。時田の靴を脱がせ、チノパンとトランクス、それに靴下を取り去る。

このときにはもう、時田は上着とTシャツを脱ぎ捨てていた。

私は立ちあがり、時田の耳もとにささやく。

「お願い、健ちゃん。ママをベッドに連れていって」

時田はうなずき、いきなり私の体を抱きあげた。たくましそうな体つきをしているわけではないのだが、その動作は意外に力強かった。私をベッドにおろし、自分もその隣に身を横たえる。

「ママ、お願いがあるんだ」

「何？」

「きょうはね、ぼくが口でママを感じさせてみたいんだ」

「口で？」

時田はうなずいた。頬は相変わらず紅潮したままだ。

「このあいだもやらせてもらったけど、あんまりうまくできなかったからね。ちゃんとやりたいんだ。ママが感じてくれるように」

「いいわよ、健ちゃん。あなたの好きなようにやってみて」

時田はにっこり笑い、私のパンティーを脱がせた。私が膝を立てて脚を広げると、時田はその間にうずくまった。ストッキングが途切れて、ふとももの地肌が出ているあたりに下から両手をあてがい、秘部に顔を近づけてくる。

雄ちゃんがこんなふうにしてくれたら、どんな気分なのかしら。きっと体が震えてしまうでしょうね。ああ、雄ちゃん……。

息子のことを考えているうちに、時田の舌が伸びてきた。淫裂を下から上へ、すべるように舐めあげる。動作自体はぎこちないものだったが、彼なりに勉強してきたらしく、愛撫は的確だった。私もかなり感じ始めている。

「じょうずよ、健ちゃん。とってもじょうず」

「ううん、ああ、ママ」

いったん舌を引っ込めて声をあげたあと、時田は舌を秘唇の合わせ目にあてがってきた。クリトリスの存在ぐらいは、前から知っていたのだろうか。あるいはこれも新たにネットか何かで調べてきたのかもしれない。

「ああっ、健ちゃん」

私は思わず声をあげ、腰のあたりをびくんと震わせてしまった。実際、感じたのだ。頭の中には、息子の雄平が私の秘部に舌を這わせている場面が広がる。時田はとがらせた舌先で、徹底的に肉芽を攻撃してきた。私の体には断続的に震えが走る。乱暴すぎる愛撫だが、とにかく私は感じているのだ。

雄ちゃん、ママのあそこを舐めてくれてるのね。雄ちゃんが、ママの大事なところを……。

舌を突き出している息子の顔が目に浮かんだ。いとおしさを覚えるのと同時に、いちだんと感じだした。絶頂が、もうすぐそこまで迫っている。

「すてきよ、健ちゃん。ママ、いっちゃいそう。いいの？　このままママをいかせてくれるの？」

いくとかいかせるとかいう意味が時田にわかるのかどうか疑問だったが、私は思いのままを口にした。いきたい。雄平の舌で、絶頂に達してみたい。そういう気分だった。

私の気持ちが通じたのか、時田の舌の動きはさらにスピードを増した。小さな円を描くように、舌先でクリトリスをこねまわす。

とうとう私は限界を感じた。愛する息子、雄平の顔を脳裏いっぱいに思い浮かべながら、快感に身を任せる。

「いくわ、健ちゃん。ママ、いく。ああっ」

がくん、がくんと全身を揺らし、股間を宙に突きあげながら、私は快感の極みを迎えた。「雄ちゃん」と声に出さないようにするのが、私にできる精一杯のことだった。ベッドに身を投げ出し、私は快感の余韻にひたる。

隣に移動してきた時田が、上から私の顔をのぞき込むようにした。私は右手を出して、彼の股間を探る。肉棒は完璧なまでにいきり立っていた。しっかり握ると、時田は小さくうめく。

「ありがとう、健ちゃん。とってもすてきだったわ」

「あれでいいの？　ママ、感じてくれたの？」

「ええ、とっても感じたわ。ちゃんといかせてもらったもの」

「うれしいよ、ママ。ぼく、ネットでいろいろ読んで、ママをいかせたいなって思ってたんだ。ほんとにいってくれたの？」

私はうなずいた。間違いなく、私は絶頂を迎えることができた。想像の中では息子の雄平にいかされたわけだから、感激もひとしおだった。だが、私ばかりがいい気持ちになっているわけにはいかない。

「さあ、今度は健ちゃんの番よ。来て」

私は脚を、あらためて大きく広げた。当然、時田のそそり立った肉棒を迎える準備だ。だが、時田がもぞもぞと体を動かす。

「ママ、お願いがあるんだけど」

「なあに？　ママにできることなら、なんでもするわよ」

「ぼく、またママの口に出したいんだ。だ、駄目かな」

初めて抱かれたあの晩、私が亀頭を口に含んだとたんに、時田は射精してしまった。あのときの感激が、よほど大きかったのだろうか。

「駄目なわけないでしょ？　ぜんぜんかまわないわ」

「ほんとに？」

私は首肯した。元夫に慣らされているせいもあって、口内発射にはまったく抵抗がない。

「じゃあ、交代よ、健ちゃん。今度はあなたがここに寝て、脚を開いて」

時田は私の言いなりだった。すぐにあお向けになり、脚を大きく広げる。

私は彼の脚の間で腹這いになった。即、肉棒を口に含む。

「うわっ、ママ。き、気持ちいい」

時田はおそらく、少年のころから大好きだった母親にペニスをくわえてもらったつもりになっているのだろう。私は私で、息子の雄平のことを考えていた。いまや雄平の肉棒なら、いつでも口に含みたいという気持ちになっている。

私は首を振り始めた。ぴちゃぴちゃ、くちゅくちゅという淫猥な音をたてながら、猛然と肉棒を刺激する。

雄ちゃん、どう？　いいのよ、ママのお口に出しても……。

「す、すごいよ、ママ。ぼく、で、出ちゃいそうだ」

私も徐々にたまらない気分になってきた。ペニスを左手に持ち替え、私は右手を下腹部におろした。秘唇の合わせ目では、肉芽がすっかり硬化して、指を待ち受けていた。首を上下させるリズムに合わせて、指の腹で肉芽をなぶる。

「も、もう駄目だよ、ママ。ぼく、ほんとに出ちゃう」

いいのよ、雄ちゃん。ママもいきそうよ。ああっ、雄ちゃん……。

時田のペニスが脈動を開始した直後、私の体にも大きな痙攣が走った。私たちはほぼ同時に、快感の極みへと駆けのぼったのだ。ほとばしった白濁液を、私はしっかりと口で受け止めた。肉棒がおとなしくなったところで口を離し、口腔内に残った精液をごくりと飲みくだす。

「飲んでくれたんだね。ありがとう、ママ」

時田の声を雄平の声として聞きながら、私はしばらくの間、身動きすることもできなかった。


一週間後、私は横浜市内にあるシティーホテルの一室にいた。隣には東山が裸で横たわっている。すでに一度、『お姉さんごっこ』を済ませたあとだ。

私は雄平のことを考えながら、長編を書き始めていた。筆《ふで》は意外なほど順調に進み、すでに百枚以上にはなっている。

「そうか、まどかちゃん、母子相姦小説を書こうとしてるんだ」

「うん。千ちゃんのことを考えたら、姉ものもいいかなと思ったんだけど、私は息子相手のほうが実感できそうだったから」

東山はほんとうにうれしそうに笑った。

「やっとわかってきたみたいだね、息子さんの気持ちが」

「実際にはどうだか知らないわよ。でも、千ちゃんに言われてから、ずっと息子のことばかり考えるようになったの。あの子、ほんとうに私を女として見ているのかしら、って」

「間違いないよ。こんなセクシーなお母さんがいて、意識しないはずがない。喫茶店で向かい合っていただけで、俺がたまらなくなっちゃったような女性なんだよ、まどかちゃんは」

初めて会った際、話の途中で東山は席を立ち、十分もしないうちに戻ってきた。そして、トイレで射精してきたことを打ち明けたのだ。たまらなくなったから出してきた、という彼の言葉は、私にはとても刺激的だった。

「実はね、知り合いの中に、マザコン男が一人いるの」

「へえ、そうなんだ」

「千ちゃんも名前ぐらいは知ってると思うわ」

「俺が知ってる？　うーん、だれかなあ」

「島崎匠一よ」

「ああ、彼か。いい文章を書くよね」

佐伯賞を取っているだけに、さすがに東山も時田のことは知っていた。時田が栗桃書房の須川を紹介してくれていなければ、私が東山と会うことはなかった。そういう意味では、時田が東山との出会いを演出してくれたことになる。

「寝たのかい？　彼と」

ごく軽い調子で、東山は尋ねてきた。私も気軽に答える。

「ええ。ネタにしようと思って、やってきたわ。『お母さんごっこ』を」

「おっ、いいね。まどかちゃんのそういう積極的なところ、俺、大好きだよ。息子さんとやってる気分になれたかい？」

私はうなずいた。あの日、時田に抱かれている間、私はずっと雄平の顔を思い浮かべていた。舌による愛撫でいかされたときのことは、特に印象に残っている。私の秘部に必死で舌を這わせている雄平の姿は、いつでも想像できる。

「官能小説は夢だ、ってあなたは言ってたじゃない？」

「ああ、そうだね。姉を抱きたいって夢がなければ、たぶん俺は官能なんて書けなかった。いまもそれだけで書き続けてるようなもんだからね」

「息子のことを考えると、けっこう想像が広がるのよ。いろんな場面が浮かんでくるの」

「たとえば？」

言いながら、東山は私のふとももに右手を伸ばしてきた。そっと撫でられただけで、私はまた感じ始める。

「最初の場面は、息子の部屋のドアを開けたら、あの子が私のパンティーを手にオナニーをしていた、ってところにしたの。千ちゃんにヒントをもらってたから」

「いいね、いいね。俺も想像しちゃうよ。パンティーを顔に押しつけたりしてるのもいいな」

「ああ、なるほど。それもいいわね。書き加えるわ、そういうシーンも」

「俺はしょっちゅうやってたからね。姉さんのあそこの匂いを嗅《か》いでるみたいで、すごく興奮したもんさ」

「ああ、千ちゃん」

ここでも「雄ちゃん」と呼びたいところだったが、なんとか我慢した。東山の手はふとももからすべりあがって、もう秘部に達していた。中指の腹の部分を使って、秘唇をそっと撫でつけている。

「まどかちゃん、なんて声をかけたの？」

小説の中の話なのだが、東山は私の実体験を尋ねるような言い方をした。私もどんどんその気になっていく。

「何してるの、雄ちゃん。それ、ママのパンティーでしょう？　まずそんなふうに言ったわ」

「息子さんの反応は」

「すごくあわててたみたいだけど、ごめんなさい、って謝ってきたわ」

「それからきみは？」

東山の指の動きが急になった。湧き出た淫水を、秘唇の合わせ目になすりつけている。クリトリスは目一杯、肥大しているに違いない。

「ああ、感じるわ、千ちゃん」

「いいから、先を続けて。息子さんに謝られて、それから？」

「どうしてママのパンティーなんかいじるの？　って尋ねたわ。そうしたら、言ってくれたのよ。ずっとママに夢中だった、って」

「ちょっと早いな、告白は。もう少し、息子を責めたほうがいい」

「責めるって？」

「怒る感じだね。実際、そのときはまだきみは怒っていてもいい。息子が母親のパンティーをいじるなんて、とんでもない、って。でも、そうやって責めているうちに、まどかちゃんは気づくんだ。自分が興奮してることにね」

「ああ、千ちゃん。そうよ、私、そんなふうに書きたいの。だって、私自身、そういう場面に遭遇したら、絶対に興奮してしまうはずだもの」

東山の愛撫は的確で、私はもう感じすぎるほど感じていた。だが、頭の中には、相変わらず息子の雄平の顔があった。雄平が私のパンティーを顔に押しつけているところも、はっきりとした映像として浮かぶ。

「怒ることが、また焦らしにつながるんだ。息子を焦らすってことは、つまりは読者を焦らすことにもなる」

「ああ、なるほど。読んでる人も焦らしてあげないといけないのね」

「そのとおり。焦らされれば焦らされるほど、あとに来る快感が大きくなる」

私に責められ、途方に暮れている息子の姿を想像し、私はさらに欲情する。

「怒ったあとは、やさしい言葉をかけてあげればいいの？」

「いや、まだ早い。そこでやっと告白タイムだな」

「告白タイム？」

「息子の口から言わせるんだ。いつからまどかちゃんを意識していたか、オナニーのとき、どんな場面を思い浮かべていたのか、とかをね」

東山はストーリーの組み立てを指導してくれているはずなのだが、私の頭の中ではもう現実とごっちゃになっていた。雄平が告白してくるところが、鮮明に浮かんでくる。

「読者は当然、息子の側だ。だから、息子の言葉を自分の言葉として読むことになる。そこで共感してもらえるかどうかが、売れるかどうかの分岐点だな」

「共感？」

「主人公の息子と同じ気持ちになれるかどうか、ってことさ。共感できれば、読者も物語の中に入っていける。読者自身がまどかちゃんの息子になるんだ」

「ああ、そういうものなのね」

「きみならきっと書ける。楽しみにしてるよ」

東山は秘部から手を放し、私に覆いかぶさってきた。私たちは唇を重ねる。

「さあ、ここからは『お母さんごっこ』だよ、まどかちゃん。俺はきみをなんて呼べばいいの？」

「ママよ、雄ちゃん。ママって呼んで。それから、自分のことはぼくよ」

「ぼくだね。わかったよ、ママ。ああ、ママ」

東山自身は、母親に女を感じたことはないと言っていた。だが、このプレイにも興味を持ってくれたようだった。東山とは初めての『お母さんごっこ』に、私は突入していった。

第四章　私のあそこが、先生のでいっぱいになってる

——守田《もりた》先生ですか？　露木《つゆき》です。

午前十時、かかってきた電話の相手は如月出版《きさらぎしゅっぱん》の露木だった。副業ではあるが、私は一応、官能小説評論家ということになっていて、如月出版から出ている月刊誌『ダルセーニョ』で、『アクメ・ショット』というページを担当させてもらっている。その月に気になった官能小説を三作、紹介しているのだ。

——いやあ、一夜母子《いちやぼし》、よかったですよ。

「そう？　気に入ってもらえたんなら、ありがたいね」

『アクメ・ショット』では内容紹介の最後に締めとして、気の利《き》いたひと言、決め句を入れることにしている。四文字熟語をダジャレにしたものが多い。

今回紹介した亀井まどかという女流新人作家の書いた本は母子相姦ものだっ

たため、決め句は「一夜母子」にした。原稿を書く前の晩に、のどぐろの一夜干しを食べながら一杯やっていたことから思いついたのだ。

——いいですよね、亀井まどか先生。

「読んだのかい？」

——はい。ご本人にもお会いしてます。

「なかなか文章はうまいよね。女流の中ではピカイチなんじゃないかな」

——ですよね。いや、実は『ダルセーニョ』の来月発売号で対談をやることになりまして、男性作家二人と亀井先生に出ていただこうと思ってるんです。守田先生も含めると四人だから、対談じゃなくて懇談《こんだん》ってところですかね。

「懇談か。男はだれ？」

——東山千先生と島崎匠一先生を予定してます。

東山千はけっこう売れっ子の官能作家で、デビューした五年前から仲よくさせてもらっている。一方の島崎匠一は先ごろ、佐伯文学賞を受賞した作家だ。

「なんで島崎さんなの？　彼は官能は書いてないよね」

——それがですね、亀井先生はもともと純文学を書いていらっしゃって、横浜のほうの同人誌のメンバーなんです。島崎先生もその同人誌に所属していらっしゃるとのことなんで、面白い話が聞けるのではないかと思いまして。

「純文の同人誌か。私には縁がないなあ」

私は外語大を出て、翻訳を仕事にしている。それが本業だ。一般書の翻訳が中心だから、純文学はかなり遠い存在だ。遠いという意味では、官能も同じだろう。翻訳で付き合いのあった露木が『ダルセーニョ』に異動したため、彼が担当することになった官能小説紹介というページをまわしてくれたのだ。

――いやいや、べつに純文の話をしてもらうわけじゃありませんよ。官能懇談です。亀井先生も、ぜひ守田先生にお会いしたいっておっしゃってるんで。

「そうなのかい？　出るのはかまわないけど、亀井さんってどんな人なの？」

――美人ですよ。ミニスカートのよく似合う、セクシーな女性です。

「ミニスカートか。千ちゃんが喜びそうだな」

――まさにそのとおりなんですよ、先生。俺が今回の企画を持ちかけたの、東山先生だったんです。亀井先生と島崎先生は、東山先生のご推薦でして。

亀井まどかのデビュー作『禁断と言わないで』を『アクメ・ショット』で取

りあげてくれないか、と私に言ってきたのも、実は東山だった。

東山はとにかく女性の脚が好きな官能作家で、ふとももへの愛着には特筆すべきものがある。亀井まどかも、魅惑的なふとももの持ち主なのだろう。

「懇談に出るのはかまわないよ」

――ありがとうございます。日程が決まり次第、お知らせします。あと、亀井先生とは懇談の前に一度、会っておいていただきたいんですけど。

「ミニスカートの似合う女性なら、私も大歓迎だよ。いつでもいいぞ」

――できるだけ早めにしますね。では、近々、またご連絡いたします。

電話は切れた。

私は今年、六十三歳になった。昨年、三十年連れ添った女房が亡くなり、いまは東京世田谷《せたがや》の自宅で一人暮らしだ。けっこう気楽にやっている。

台所に立って熱いお茶をいれ、和室に戻って座布団に腰をおろした。文机の上に置かれたままになっていた、亀井まどかのデビュー作を手に取ってみる。

イラストは、ガーターベルトを身にまとった熟女風の女性だった。官能小説の場合、表紙画は直接、売れ行きに影響する。この絵なら合格だろう。

付箋《ふせん》がつけてあるページを私は開いた。『アクメ・ショット』で紹介した箇所だ。デビュー作というだけあって、官能シーンに見るべきところはなかったが、母親の感情の動きはよく書けているな、と思った。その部分を読み直す。

信じられないわ、あの子が私をそんなふうに見ていたなんて……。

洗濯機の中に、精液でべっとりと濡れたパンティーを見つけて、私は一瞬、途方に暮れた。息子の幸平《こうへい》が、私のパンティーに射精したのだ。どうやら幸平は、母親である私に欲望を抱いているらしい。

十九年間、私は必死であの子を育ててきた。母として至らない部分もあったに違いない。それでも、私が一生懸命だったことは、まわりのだれもが認めてくれるだろう。

私が悪いの？　私があの子の男の部分を刺激してしまったってことなのかしら。でも、まさか私を抱きたいと思っていただなんて……。

こんなふうに悩みながらも、母はやがて自分も息子に男を感じ始めていることに気づく。離婚してから六年という設定だ。男と付き合うこともなく、必死で子育てをしてきたということになっている。

これ、亀井まどかの実体験なのかもしれないな……。

そう考えた私は、東山千に電話してみることにした。彼なら、この小説ができた背景も知っているに違いない。毎朝十時には起きていると聞いたから、いまなら大丈夫だろう。

「もしもし、千ちゃん？」

——ああ、守田さん。俺も電話しようと思ってたんですよ。亀井まどかの件、ありがとうございました。

「いやあ、いい作家を紹介してもらって、こっちがお礼を言いたいくらいさ」

——決まってましたね、一夜母子。

「如月の露木くんにも褒められたよ。前の晩に、のどぐろの一夜干しをつまみに飲んでたから、思いついただけの話なんだけどね」

——ぴったりの決め句でしたよ。まどか本人も喜んでました。

『ダルセーニョ』では、東山には世話になっている。『アクメ・ショット』で自分の本を私に紹介させる際には、彼自身が決め句まで作ってきてくれるのだ。SM嬢を扱った小説だったか、オシッコを飲ませるプレイが得意だというヒロインの名前が栄子《えいこ》で、東山は「栄子聖水《せいすい》」という決め句を考えてくれた。これが特に印象に残っている。

「露木くんといえば、懇談に誘われたよ」

——ああ、守田さんもぜひ出てくださいよ。まどかに会えますから。

「彼女に近親相姦を書かせたのは千ちゃんなのかな？」

私の問いかけに、東山は笑った。

——まあ、そういうことになりますかね。でも、彼女にはもともと相姦を書く素質があったんだと思いますよ。

「母親の心理はよく書けていたね。彼女、実際に息子さんがいるの？」

——当たりですよ、守田さん。まどか、いま四十一なんですけど、結婚が早かったせいか、一人息子はもう大学一年なんだそうです。

「もしかして、実体験なんだろうか」

私が言うと、東山はまた笑った。

——守田さんがそう思ってくださったんなら、大成功ですよ。プロデューサーとして鼻が高いな。

「あんたがプロデューサーってことなんだね」

——はい。そう思ってくださって、かまいません。ただ、息子とはまだ何もないようです。四つ違いの弟もいるそうですけど、息子にも弟にも、これまで男を感じたことはないって言ってました。

まあ、それが普通だろうな、と私は思った。だが、まどかの文章には不思議なリアリティーが感じられた。

「体験なしにしては、けっこう具体的だったよね、母子のからみが」

——俺がけしかけたんですよ。息子さんも弟さんも、きっときみを女として見てるはずだ、って言ってやったら、すごくびっくりはしてたんですけど、どうやらうれしかったらしいんです。

「うれしい？　彼女がそう言ったの？」

——ええ、はっきりと。これまでまったく意識はしていなかったけど、言われてみればそんな気がする。そういう感じなんじゃないでしょうか。

ありそうな話だった。息子に女として見られてうれしい。その気分を発展させて、この小説を書いたのだろう。

「露木くんに聞いたけど、いい女なんだって？」

一番肝心なことを、私は尋ねた。

東山は真剣な口調で答える。

――相当なもんですよ、守田さん。顔もまあまあなんですけど、なんといっても彼女は脚ですね。俺にとっては最高に近い脚でした。喫茶店で会って話しているうちにたまらなくなって、トイレで出してきちゃったくらいですから。

東山とはなんでも話せる仲だから、こんなことまで打ち明けてくれる。

「千ちゃんをそこまでの気持ちにさせたんなら、大したもんだ。なんたって、千ちゃんは脚の専門家だからなあ」

――それを言うなら、ふとももの専門家でしょう？　守田さん、そこらじゅうで言ってるらしいじゃないですか。俺のことを『ふともも作家』って。

「おっ、バレたか。すまん、すまん」

――いやあ、ありがたいですよ。こんな名前をもらってる官能作家、ほかにいませんからね。栗桃から来月、短編集が出るんですけど、帯にしっかり「ふとも も作家東山千」って書かれてるそうですよ。

「それはいい。世の中にふとももも大好きな男は、いっぱいいるだろうからね」

ふとももも作家の東山千が最高の脚だと言っているのだ。亀井まどかに会うのが、ますます楽しみになってくる。

——ところで守田さん、ぜんぜん行ってないでしょう、熱海《あたみ》。

唐突に、東山が話を変えた。

「熱海？　ああ、あれ以来、一度もだね」

熱海には秘密がある。東山が紹介してくれたのだが、すばらしい肉体を持った芸者がいるのだ。麻衣子《まいこ》と名乗っているが、本名は知らない。東山も聞いたことがないのだという。

どこがすばらしいかといえば、麻衣子の秘部は、勃起してもいないペニスを、するっと吸い込んでくれるのだ。自ら「吸い込み芸者の麻衣子です」なんて言っていたのを思い出す。

——麻衣子、このごろよく東京に出てくるんです。デザインのことで着物会社と契約してるから、いろいろ相談することがあるみたいで。このあいだ会ったら、守田さんの話をしてましたよ。守田先生は紳士だから、声をかけてくだされば、またいつでもお相手するのに、って。

「ありがたい話だね。なにしろ貴重な女性だからな、私みたいな男には」

完全に不能になったわけではないものの、妻を亡くしたあたりから、私はもうほとんど勃起はしなくなっている。性的な欲望もそれほど強いほうではないから、特に気にもしていなかった。

ところが半年前、私がそんな話をすると、東山が言ってくれたのだ。勃起しなくても吸い込んでくれる、すばらしい女性がいますよ、と。東山と一緒に熱海へ行き、私は麻衣子に紹介された。東山によれば四十二、三にはなっているというのだが、和風の美人で、むっちりした体つきも私の好みだった。

その晩、私は生まれて初めての経験をする。ぬるぬるしたローションの力を借りたとはいえ、硬くなってもいないペニスを、麻衣子の体は確かに吸い込んでくれたのだ。射精まではできなかったが、それなりに感じることもできたし、感動の一夜だったと言ってもいい。

——電話ぐらい、してやってくださいよ。きっと待ってますから。

「いいのかな、私なんかが電話しても」

——守田さんの喜び方が、きっとうれしかったんですよ。もう一度抱かれたいって、はっきり言ってましたから。

「そこまで聞いたら、連絡しないわけにはいかないな」

——亀井まどかも、興奮させてくれるかもしれませんよ。俺を夢中にさせたふともが見られますからね。

「ああ、彼女と会うのも楽しみにしてるよ。懇談の前に一度、露木くんが紹介してくれるんだそうだ」

——守田さんの反応が楽しみだな。会った感想、聞かせてくださいよ。

「わかった。必ず電話するよ。じゃあ、そのときに」

これで東山との話は終わりだった。受話器をいったん戻したあと、私はさっそく麻衣子の携帯にかけてみた。夜遅くまで働いているはずなのだが、すぐにつややかな麻衣子の声が響いてきた。

——守田先生ですね？　もう、ずっと待ってたんですから。

「ありがとう。うれしいね、そんなふうに言ってもらえると。いま千ちゃんと話してたんだ。そうしたら、きみの名前が出てきてさ」

——会ってくださいます？

「それはこっちのせりふだよ。夢みたいだったからな、あの晩は」

——ふふっ、私もよ、先生。来週の水曜日、東京へ行くんです。泊まる予定だから、ご一緒しません？　打ち合わせで、少し遅くなると思いますけど。

「打ち合わせの場所はどこなの？　ホテル、私が予約してもいいよ」

——ほんとに？　じゃあ、甘えちゃおうかしら。赤坂《あかさか》なんですけど。

「わかった。赤坂にホテルを取って、また連絡するよ」

——ありがとうございます、先生。待ってますね。

勃起してきたわけではないのだが、私はなんとなく股間にうずきを覚えながら電話を切った。

偶然にも、露木が亀井まどかを紹介してくれるのも翌週の水曜日になった。五時に新宿にある『ミレー』という喫茶店での待ち合わせだ。

その前に私は赤坂にあるシティーホテルにチェックインし、ホテルの喫茶室で麻衣子に会った。打ち合わせに行く前に、麻衣子が時間を作ってくれたのだ。熱海で会ったときは芸者然とした和服だったが、きょうは洋装で、これもなかなかセクシーだった。黒のスーツがよく似合っている。

「いやあ、見違えちゃったよ。洋服もいいね、麻衣子さん」

「ありがとうございます。先生もお元気そうで何よりです」

コーヒーを注文している間も、私はずっと麻衣子に見とれていた。東山から彼女は四十二、三のはずだと聞かされていたが、どう上に見ても三十五、六だった。肌もつやつやしている。

「すぐにでもお電話いただけるんじゃないかと思って待ってたんですよ、私」

少し甘えるような口調で、麻衣子が言った。

「いや、そんな図々しいことはできないさ」

「つまらなかったですか、私の体」

「つまらないわけないだろう。まるで夢を見てるみたいだったよ。あの晩のことはいまでも忘れられない。きみの中に吸い込まれたもんなあ、私のあれが」

嘘ではなかった。麻衣子は、よく夢に出てくる。麻衣子に出会うまでは、挿入なんてもう二度とできないだろうと、実はあきらめていたのだ。

「今夜も吸い込ませていただきますよ、麻衣子が」

「うれしいよ。想像しただけで、たまらなくなる」

たまらなくなると言っても、股間が反応するわけではない。それでも、また麻衣子の肉洞の中に入れるのだと思うと、それだけでわくわくしてくる。

コーヒーがテーブルに届いて、私たちはそれぞれひと口ずつすすった。麻衣子の唇も実にセクシーだ。その唇に触れられたカップに、私は嫉妬《しっと》を覚えた。あそこまで性的な快感は伴わなかったが、麻衣子のフェラチオは的確だった。あそこまでされて勃起もしなかった自分が、少しもどかしくもある。

「いいのかい？　私なんかの相手をしてもらって」

私が尋ねると、麻衣子は妖艶《ようえん》にほほえんでみせた。

「いいに決まってます。このあいだのとき、先生、とっても喜んでくださったじゃないですか。私、すごくうれしかったんです。喜んでもくれない男のオチン×ンなんか、吸い込みたくはありませんから」

麻衣子が口に出すと、オチン×ンなんて単語にもいやらしさが感じられなくなる。彼女の言葉には、限りないやさしさがにじみ出ている。

「あっ、そうだ。チェンクインしておいたから、鍵を渡しておくね」

私は麻衣子にカードキーを手渡した。ダブルの部屋なので二枚ある。

「ありがとうございます」

頭をさげて受け取ったあと、麻衣子がじっと私を見つめてきた。

「たぶん十一時くらいにはなっちゃうと思うんです」

「時間は気にしなくていいよ。私はいくらでも待ってるから」

「シャワーをお浴びになって、裸でベッドにいてください」

「裸で？」

やや驚いて尋ねる私に、麻衣子はゆっくりとうなずいた。

「お部屋に帰ってきたら、すぐ先生に抱いていただきたいんです。だから」

「わかった、わかった。必ず裸で待ってるよ」

若いころだったら、あるいはほんの数年前でも、麻衣子のこの言葉だけで股間を熱くしていたかもしれない。また吸い込んでもらえるのだという楽しみはあるものの、反応のないペニスが寂しい気もする。

コーヒーを飲み終えるくらいまではゆっくり話をしたのだが、私は麻衣子から目を離すことができなかった。せっかく目の前にいるのだから、見ていなければ損。麻衣子はそんな感じのする女性なのだ。

「私、そろそろ行かないと」

四時になったところで、麻衣子が席を立った。

「気をつけてね。私はもう少しここにいるから」

「それじゃ、先生、あとで。ご馳走様でした」

丁寧に頭をさげて、麻衣子は出ていった。その後ろ姿を、また私はうっとりと見送った。ウエストのくびれもヒップのボリュームも、まさに私の好みなのだ。どれだけ見ていても飽きない。

出口のところで一度振り向き、にっこりほほえむと、麻衣子はもう一度、頭をさげた。私は思わず右手を振る。

もしかして、惚れちゃったのかな、彼女に……。

自然に笑みが湧いてくるのを、私はどうすることもできなかった。こんな気持ちになったのは、何十年ぶりという感じだ。

麻衣子のことを考えながら少し時間をつぶし、約束の五時ちょうどに、私は新宿にある『ミレー』に入った。ここはソファータイプの椅子が売り物のチェーン店で、私もいろいろな地域でよく利用している。

露木はすでに来ていて、亀井まどかと思われる女性と向かい合って座っていた。私を見ると露木が立ちあがり、女性も席を立った。露木が言う。

「すみません、わざわざ来ていただいて」

「いや、べつに。美人に会えるのなら、どこへでも飛んでいくさ」

私は冗談めかして言ったのだが、実は驚いていた。亀井まどかは、確かに美しい女性だったのだ。しかも全身から、色香を発散させている。

「亀井まどかです。よろしくお願いいたします」

丁寧に頭をさげ、まどかは名刺を差し出してきた。円山幸子という本名も印刷されている。

露木はテーブル上でカップを移動させ、まどかの隣に腰をおろした。私は露木の正面に座り、ウエートレスにブレンドコーヒーを注文する。

椅子がソファータイプのため、間に置かれているテーブルも低い。斜向かいに座ったまどかは、聞いていたとおりミニスカートをはいていた。それも超がつくほどの短さだ。しかも、ストッキングをはいていない。生脚なのだ。

「読ませてもらったよ。『禁断と呼ばないで』、なかなかいいじゃないか」

私はそこから切りだした。

「ありがとうございます。一夜母子、思わず笑ってしまいました」

まどかは『アクメ・ショット』の決め句の話を出してきた。

「いやあ、前の晩にのどぐろの一夜干しで晩酌《ばんしゃく》をしてたもんだからね。そこから思いついたんだ」

話しながら、私はまどかの全身を観察した。胸は巨乳というほどではないが、決して小さいほうではない。しかもどうやらブラジャーをしていないらしく、彼女が動くたびにブラウスごと胸が揺れるのだ。なかなかセクシーだ。

下半身に目を移すと、思わずため息がもれた。むっちりとした素足の白いふとももが、見てくれと言わんばかりに露出している。

「近親相姦の話だったけど、よく書けていたね。思わず実体験なのかと思ってしまったよ」

「いえ、とんでもない。東山千さんの小説を読んでいて、これが自分の世界かもしれないな、って思ったんです。東山さんご自身も、ぜひ書いてみろって勧めてくださったので」

「千ちゃんとも話した。自分がきみの本のプロデューサーだ、とか言ってた」

「そのとおりです。千さんがいなかったら、たぶん書けなかったと思います」

東山もこの脚には、さぞかし興奮したことだろう。女性の脚にはうるさい彼が最高に近い脚だとまで言うのだから、かなりの高評価だ。確かにいい脚だと、私も認めないわけにはいかない。

私のコーヒーが届き、ひと口すすった。ここのコーヒーがまずいことは知っているから、文句を言うつもりはない。ソファーとローテーブルがあるだけで、ありがたいと思わなければならないだろう。こうやってまどかの脚を、存分に眺めることができるのだから。

「どうなの、まどかさん。官能小説、専業でやっていくの？」

「いえ、さすがにまだそこまでは……。このあいだから、やっと二冊目を書き始めたばかりなので」

「次はどんなのを書くの？　また母子相姦？」

「今度は姉と弟にしてみました。千さんも、それが面白いんじゃないかって言ってくださったので」

「まさに千ちゃんの世界だね。彼を超えるのはなかなか大変だろうけど、きみは女の立場で書けるから、そこが強みかな」

「千さんも、そうおっしゃってました。一冊目と同じように、ぜひ女の一人称で書いてみろ、って」

まどかはカップを手に取りコーヒーを飲んだあと、何気ない動作で脚を組んだ。ただでさえ短いスカートの裾がずりあがり、ふとももがさらに露出してきた。ぴったりと閉じ合わされた左右のふとももの間に、淡いピンクの小さな三角形がのぞいている。パンティーの股布だ。

このとき、私はぎくりとした。股間がかすかに反応したような気がしたのだ。勃起してきたというわけではないのだが、確かにペニスの重みを感じる。

「いやあ、それにしてもきれいだね、きみの脚は」

私は思わず口に出して言ってしまった。どうしても言わなければ気が済まないほど、まどかの脚は魅力的だったのだ。

「ありがとうございます。そんなこと言っていただけて、うれしいです」

「しかも生脚だよね。感激しちゃうな」

私が言うと、まどかと露木が顔を見合わせた。露木が口を開く。

「実は、生脚は東山先生からの命令だったんだそうです」

「命令？」

「守田先生にはまどかちゃんの生脚を見せたいから、ストッキングを脱いでおくように。そういうLINEが来たらしいんです。ですよね、亀井先生」

まどかはうなずいた。

「ちょっと恥ずかしかったんですけど、先生に喜んでいただけるのならと思って、パンストは脱いでおきました。おかしくないですか」

「とってもすてきだよ。千ちゃんから聞いてはいたんだ。きみの脚は最高にすばらしい、ってね」

「そんな、いくらなんでも言いすぎです」

ここでまた露木が口を出した。

「いや、言いすぎじゃありませんよ、亀井先生。俺も東山先生と同じ気持ちです。先生の脚、最高にすてきです」

「またまたそんな、本気にしちゃいますよ」

「かまいませんよ。俺、マジでそう思ってますから。お会いするのが楽しみでしょうがないんです。これって担当編集者の役得ですよね」

みんなが本音を言っている。いい環境だな、と私は思った。東山だって露木だって、まどかを抱きたいという気持ちがあるから、こういう言葉が出てくるのだろう。東山に関しては、おそらくもうまどかとそういう関係になっている。

私はと言えば、まどかの脚に興奮を覚えたのは事実だった。しかし、彼女を抱きたいという気持ちにまでは至っていない。頭の中にあるのは、相変わらず先ほどまで会っていた麻衣子の顔なのだ。

麻衣子が相手ならば、いますぐにでもセックスがしたい。そんな気分だった。初めてのときは、勃起もしていないペニスを麻衣子の秘部が吸い込んでくれたのだが、できれば能動的に彼女を抱きたい、という思いはずっと持っている。

この状態が続けば、もしかしたら立つんじゃないかな……。

私の期待はふくらんだ。勃起には至っていないが、ペニスの重みを感じるのだ。こういう状況になったのは、間違いなくまどかのおかげだ。

「先生、奥様を亡くされてるんですよね」

唐突に、まどかが言った。

「うん、去年の初めにね」

「お早かったんですね」

「五十九だったからね。まあ、癌《がん》だから仕方がないさ。病気には勝てない」

「すみません、悲しいことを思い出させてしまって」

まどかはやさしい女性のようだった。言葉に思いやりがあふれている。

「いや、べつにかまわないよ。一人だけど、普通に暮らしてるから」

「奥様がいらっしゃらなくなって、セックスのほうはどうなさっているのかな、なんて思ったんです、私」

ストレートな言葉に、私は圧倒された。だが、もちろんいやな気分ではなかった。女流とはいえ官能作家なのだ。普通にこういう話ができるほうがいい。

「もうそれほど欲望はないけど、きみみたいなセクシーな女性に会えるのはうれしいよ。それなりに好きな女性もいるしね」

「まあ、すてき。恋をなさってるってことですか？」

「恋？　恋か。まあ、そうかな」

私の頭の中にあるのは麻衣子だ。ずっと会いたいと思っていたのは事実だが、先ほどちょっと顔を合わせたことで、彼女への気持ちはいちだんと強くなっている。性的なこともあるが、麻衣子とは人間的にも相性がいい気がするのだ。

「千ちゃんに聞いたんだけど、きみ、息子さんも弟さんもいるんだって？」

「はい。四つ年下の弟と、今年大学に入った息子がいます」

「デビュー作は母子相姦の物語だったわけだけど、書いてるとき、実際に息子さんのことを想像したりしたの？　こんなこと聞いちゃ、失礼かな？」

まどかは即、首を振った。

「ぜんぜん失礼なんかじゃありません。私も千ちゃんから、あっ、ごめんなさい。年齢が近いので、千ちゃんって呼ばせてもらってるんです」

「いいよ、普段どおり、千ちゃんで」

「千ちゃんの小説を読んで相姦に興味を持ったって話したら、彼に言われたんです。私の息子や弟も、絶対に私を女として意識してるはずだ、って」

「ああ、それは確かだろうね。実際には何も起こらなくても、身近にいる女性に興味を持つことは間違いないよ。少年時代は特にね。私にも経験がある」

「先生にも？」

まどかは少し驚いたような表情を見せたが、事実だった。私には、年子で生まれた妹がいて、少年期に私がまず女として意識したのはその妹だったのだ。ふくらんできた妹の乳房や、ミニスカートからのぞいていたふとももで、私は性に目覚めたと言ってもいい。

その話をしてやると、まどかは目を輝かせた。

「そうか、兄と妹っていうのもあるんですね」

「うん。千ちゃんも確か、一冊書いているはずだよ、兄妹ものを」

「あっ、あります、あります。俺、好きでしたよ、あの本」

露木が口を挟んだ。彼が東山千の大ファンであることは、私も知っている。実は東山が書いた『妹は美熟女』は、私の経験を話したことから生まれた作品なのだ。私と妹との間には何も起こらなかったが、小説の中ではちゃんと兄と妹が結ばれている。その経緯を話してやると、まどかは感心したようだった。

「さすがは千ちゃんですね。先生のお話を一冊の本にまとめてしまうなんて」

「ありがたいと思ってるよ。私の夢を叶えてくれたわけだからね」

「そうか、あれは守田先生の実体験だったわけですね」

露木が言葉を挟んできたが、ここは訂正しなければならない。

「実体験じゃないよ、露木くん。私の夢さ。実際には何もできなかったんだ」

まどかがいちだんと目を輝かせる。

「千ちゃん、いつも話してくれます。俺たちは実体験を書くんじゃない。夢見てることを文章にしてるんだ、って」

「まさにそのとおりだね。読者がその夢に共感してくれるかどうかで、売れるかどうかが決まる。千ちゃんのあの本は、それなりに売れたらしいけどね」

私は冷めかけたコーヒーで喉《のど》を潤した。やはりまずい。

まどかが脚を組み替えた。パンティーが、先ほどよりいっそう見やすくなった。そのまどかが、思い出したように言う。

「さっきの話の続きですけど、私、あの本を書いている間、ずっと息子のことを思い浮かべてました」

「ほう、そうなんだ」

「実際には何もないんですよ、私たち。でも、千ちゃんから、息子が私を女として見ているはずだって言われたら、私、なんだかうれしくなっちゃって」

まどかがわずかに頬を赤く染めたように思えた。

「いいじゃないか、それ。もし実際に息子さんがきみのことをそういうふうに見ていたとして、うれしいなんて言われたら、感激するんじゃないかな。ママを抱きたいなんて言ったら怒られる。たぶんそう思ってるだろうからね」

「私自身、息子が私を抱きたいと思ってるといいな、って考えるようにはなったんですけど、小説の中だけでもいいかな、という気もしてるんです。これって夢ですから」

「そうだね。官能小説は夢を叶えてくれるもの。それが結論かな」

話ははずんで、二時間ぐらいもすごしただろうか。その間に、まどかは何度も脚を組み替えてくれた。私へのサービスに違いない。

そのたびに私は、ペニスに重みを感じた。そうさせてくれたのは、間違いなくまどかの脚なのだが、私の思いは常に麻衣子に飛んでいた。一刻も早く、麻衣子に会いたいという気持ちになっている。

「あと、男性作家二人を交えた例の懇談についてなんですけど、いまみたいなお話がいいんじゃないでしょうか。官能は夢を書くことだ、って感じで」

露木が提案してきた。まどかがうなずいている。

「私はかまわないし、千ちゃんも大丈夫だと思うんだけど、島崎さんは？」

「あっ、彼なら問題ありません。私の小説もちゃんと読んでくれてますし」

まどかがあわてて言った。

「そうか。じゃあ、そういうことにしようか」

最後にもう一度、まどかが脚を組み替えてくれた。むっちりした白いふともを目に焼きつけていると、あらためてペニスに重みを感じた。麻衣子の前で、ぜひイチモツを勃起させてみたい、と思いながら、この会合を終えた。

ホテルのバーで水割りを一杯飲んでから、私は部屋に入った。時刻はまだ九時少し前だ。ベッドのメークを崩しておいてから、ゆっくりとシャワーを浴び、裸のままベッドに身を横たえた。きょう一日のことが頭の中によみがえる。

亀井まどかとの出会いは、確かに強烈だった。脚の美しさはたとえようもないほどで、彼女が脚を組み、量感たっぷりのふとももの奥にパンチラを見せられたときには、なんと久しぶりにペニスが反応した。硬さを増してきたわけではないものの、私は確かにイチモツの重みを感じたのだ。

だが、まどかを抱きたいという気持ちになったわけではない。私の頭の中には、久しぶりに会った麻衣子の顔が浮かんでいた。立たないペニスでも、麻衣子ならあそこに吸い込んでくれる。半年前、東山にそう言われて麻衣子に会い、実際、私のペニスは麻衣子の秘部に吸い込まれたのだ。

ペニスが硬くなりはしなかったし、快感を得たわけではないのだが、麻衣子の肉洞への挿入は、私にある種の感動をもたらした。あれからしょっちゅう、私は麻衣子の夢を見る。イチモツを吸い込まれる夢ではない。硬くなった肉棒を、麻衣子の体に突き立てている夢だ。

いい子だよな、あの子は。ああ、麻衣子……。

なかなか勃起しなくなってからは、もうセックスはいいかな、と思い始めていた。亡くなった妻とは十分に楽しんだし、彼女も満足させることができたという自信がある。浮気もしなかったわけではない。十年前に官能小説の紹介を始めてからは、仕事がらみで知り合った女性と交わることも増えた。

だからもう十分、と考えたはずなのだが、麻衣子だけはどうしても気になった。まどかに言われたとおり、私は年甲斐《としがい》もなく恋をしているのかもしれない。

麻衣子のことを考えているうちに、私はいい気持ちになって、どうやら眠りに落ちたらしい。ハッと目を開けると、なんと私の股間に麻衣子がうずくまっていた。すっかり裸になって、肉棒に舌を這わせている。

「あっ、ま、麻衣子さん」

「大丈夫よ、先生。そのままにしてて。すごいのよ。なんだか立ってきそう」

「ほんとかい？」

いったん顔をあげた麻衣子がうなずき、また口唇愛撫に戻った。

私は胸がどきどきしてきた。まどかと会っていたときと同じように、ペニスには確かに重みを感じた。いまはそこに、明らかに快感が加わっている。麻衣子の舌の動きとともに、すさまじいまでの心地よさが伝わってくるのだ。

「感じるよ、麻衣子さん。すごいな、きみの舌は」

私が言うと、麻衣子はまたすっと顔をあげた。美しい笑顔だった。唇が唾液に濡れ、なんとも悩ましい。

「すてきよ、先生。だんだん硬くなってきたわ」

「夢みたいだよ。すべてきみのおかげだな」

まどかのおかげもあるのだろうが、いまはただ麻衣子のことだけを考えていたかった。私はほんとうに、この子が気に入ってしまったらしい。

麻衣子はフェラチオに戻り、とうとう肉棒を口に含んだ。やはり私は感じていた。完全勃起というわけにはいかないものの、そこそこ硬くなってきている。

くちゅくちゅと音をたてて、麻衣子が首を振り始めた。口腔内でも舌を微妙にうごめかしているらしく、伝わってくる快感には切れ目がない。

さらに何度か首を振ってから、麻衣子はペニスを解放した。口のまわりについた唾液を手の甲で拭い、私の顔を見あげる。

「立ったわ、先生。ほんとに立った。間違いなくできるわ。来て」

麻衣子は私の手を取り、上体を起こさせた。自分はベッドに横たわる。膝立ちになりながら、私は自分の股間に目をやった。確かに、ペニスが立っていた。急角度というわけではないが、亀頭が間違いなく上を向いている。

だが、私はハッとなった。その前にやらなければならないことがある。

「麻衣子さん、私も口でやらせてもらっていいかな」

「えっ、先生が？　私はかまわないけど、いいんですか、そんなことまで」

「やりたいんだ。半年前、きみに最高の経験をさせてもらったのに、私は何もできなかった。きみを感じさせることもなしに、ただいい気になっていた。ずっと反省してたんだ。ぜひやらせてほしい」

「うれしいわ。先生がそこまでおっしゃってくださるなんて。じゃあ、お願いしちゃおうかしら」

麻衣子が広げた脚の間に、私はうずくまった。とたんに、きれいに刈り込まれたデルタ形のヘアが目に飛び込んできた。そのヘアに守られるように存在する秘唇には、すでに蜜液があふれてきている。

私は両手で下から麻衣子のむっちりしたふとももを支えながら、秘部に向かって顔を近づけていった。こんなことをするのは何年ぶりだろうか。淫靡な女臭にも、なんだか懐かしさを覚える。

麻衣子のふとももの手ざわりもすばらしかった。欲情しつつ、私は突き出した舌で、麻衣子の淫裂をすっと舐めあげた。

「ああっ、先生」

悩ましい声をあげ、麻衣子はびくんと体を震わせた。きっと感じやすい体なのだろう。何もしてやれなかった半年前のことを、あらためて悔いる。

縦の愛撫を何度か繰り返してから、私はとがらせた舌先を秘唇の合わせ目にあてがった。小さな肉の塊が、舌に心地よく当たってきた。こりこりした肉芽をつつくように舐めてやると、麻衣子はさらに体を大きく震わせる。

「ああ、すてきよ、先生。私、もう駄目になりそう」

あらためて聞くと、麻衣子はほんとうに悩ましい声をしていた。この声を聞いただけで、おそらくどんな男も感じてしまうだろう。私は股間に、血液が集まってくるのを実感した。これも何年かぶりのことだ。

いかせたい。なんとかして麻衣子をいかせてやりたい……。

そんな思いで、私は激しく舌を使った。だが、もう間もなく達してくれるだろうと考えたそのとき、麻衣子が両手を下腹部におろしてきた。私の動きを止めさせる。

「どうしたの、麻衣子さん。あと少しでいけるんじゃないの？」

「ううん、いいの。それより、私、早く先生が欲しい。せっかく硬くなったんだもの、いますぐ入ってきてほしいわ、私の中に」

きっと私に気をつかっているのだろうな、ということはよくわかった。だが、ありがたい話であることは間違いなかった。私は麻衣子の気持ちに甘えることにした。秘部から顔を離し、麻衣子の体の上を這いのぼる。

麻衣子が右手を伸ばしてきた。私の肉棒を、そっと握る。

「ああ、すごいわ、先生。こんなに硬くなってる」

「きみのおかげだよ、麻衣子さん。きみがとってもすてきだから」

「うれしいわ、先生が感じてくれて。さあ、ここよ。来て、先生」

亀頭の先に、私は蜜液のぬめりを感じた。こんなことも、いつ以来かわからない。私が腰を進めると、麻衣子の秘部は、やはり吸い込むように私の肉棒を迎えてくれた。そのままずぶずぶと麻衣子の肉洞にもぐり込む。

「ああ、麻衣子さん。いいよ。すごくいい」

「文佳《ふみか》よ、先生」

「えっ？」

「私の本名、文佳っていうの。文章の文に佳作の佳よ。文佳って呼んで」

久しぶりに味わった性的な快感に酔いながらも、私は不思議な感動を覚えていた。これまで麻衣子という名前しか知らなかった彼女が、本名で呼んでくれと言っているのだ。文佳という名前は、東山にも教えていないのかもしれない。

「ああ、文佳。すてきだよ、文佳」

「先生もとってもすてきよ。ちゃんと硬くなってるわ。私のあそこが、先生のでいっぱいになってる」

挿入している。確かにその実感があった。麻衣子、いや文佳独特の吸い込みも多少はあったにしても、私はペニスを硬化させ、それを文佳の肉洞に突き入れることができたのだ。すばらしい快感が、全身を包み込んでいる。

「先生、私の奥のほうが動いてるの、わかる？」

「ん？　あ、ああ、確かに。おお、すごいな、これは」

意図的にやっているのだろうか、文佳の肉洞に侵入したペニスが、周囲からもみくちゃにされているような感覚だった。このままじっとしていても、快感の極みを迎えてしまいかねない。

「う、動いていいかい、文佳」

「もちろんよ、先生。もっと感じて、私の体で」

文佳は両脚をはねあげ、むっちりした左右のふとももで、私の胴を挟みつける格好になった。その接触感が、またすばらしい。

私はゆっくりと腰を使いだした。ペニスには、さらに刺激が加わった。ほんとうに揉みしだかれているような感覚なのだ。

「好きだよ、文佳」

「ああ、先生。うれしい。私も好きよ。先生が大好き」

私はごく自然に右手をおろし、私の胴に巻きついている文佳の脚に触れた。ふとももの肌はすべすべで、豊かな弾力をたたえていた。そういえば半年前は、こうやって文佳の肉体に触れることもできなかった。もしこれからも文佳が付き合ってくれるのなら、この肉体を存分に味わわない手はない。

「で、出そうだ、文佳。ほんとに、もう……」

「いいのよ、先生。出して。文佳の中に、全部出して」

さらに何度か腰を振り、とうとう私は放出した。ほんとうに久しぶりの射精だった。びくん、びくんと脈動するペニスから、文佳の肉洞に向かって、大量の欲望のエキスがほとばしっていく。

「ああ、文佳」

文佳に体を預け、私は唇を求めた。二人とも呼吸が乱れていたが、そうせずにはいられなかった。

長いくちづけを終えると、私たちはまっすぐに見つめ合った。

「夢みたいだったよ。ありがとう、文佳」

「ううん、私のほうこそ。好きよ、先生」

「文佳」

私はあらためて、文佳と唇を重ねた。そして、これは間違いなく恋だな、と思った。

第五章　どうしてパンティーに射精したの？

如月出版の月刊誌『ダルセーニョ』が企画した官能懇談は、女の私でも十分に楽しめた。出版社の応接室のようなところを使って、守田、東山、時田、私の四人がテーブルを囲み、官能小説のあれこれを話したのだ。

時田は相変わらず私と東山のことを疑っているようで、最初はなんだかぎこちなかった。しかし、東山が時田の佐伯賞受賞作が面白かったと話したことから、徐々に打ち解けてきて、時田も官能の話に積極的に加わった。

官能小説は夢を文章化するもの、という東山の考えには、みんなが賛成だった。東山が実の姉にあこがれを抱いていることは、官能小説の世界では有名な話らしく、東山自身、雑誌にその話が載ることにも抵抗はないのだという。

私はさすがに自分の家族に関しては何も話さなかったが、守田は一つ年下の妹への熱い思いを公開した。びっくりしたのは、時田が自分はマザコンだ、と平気で話したことだった。記事になるのもかまわないという。

「ぼくも東山さんの本はずっと読んでます。母子相姦もの、いいですよね」

時田が言うと、東山も悪い気はしないようだった。

「佐伯賞受賞作家に褒めてもらえるのは光栄だね。今度は島崎さんから話を聞いて、書いてみようかな」

「あっ、ぜひお願いします。なんでもお話ししますから」

二人で勝手に盛りあがって、私の入る隙間はなかなか見つけられなかったが、それでも約二時間、けっこう有効な時間をすごせたと思っている。

懇談が終わってからも、時田と東山は、まだ二人で何か話していた。

帰り支度をしていると、守田が近寄ってきた。

「まどかさんには、お礼を言っておかなきゃいけないと思ってね」

「お礼？」

「きみのおかげで、好きな女性と無事にできたんだ」

守田に好きな女性がいるという話は、紹介されたときに聞いていた。だが、私にお礼を言わなければならない理由がわからない。

「このあいだ露木くんに紹介されてきみに会ったとき、そのきれいな脚をたっぷり見せてもらっただろう？　ほんとにすてきな脚で、久しぶりに股間がうずいた気がしたんだ」

これはうれしい話だった。

「その場で硬くなったわけではないんだけど、重みを感じてね、ペニスの」

「ペニスの重み、ですか」

守田はうなずいた。

「立たない男にとって、イチモツはあってなきがごときものなんだ。存在感がないって言ったらいいのかな。でも、きみのふとももののおかげで、私は重みを感じた。ここにあるぞって、ペニスが存在を自己主張したわけさ」

「へえ、そんなことがあるんですか」

「あのあと彼女に会ったんだけど、しっかり立たせることができてね。いやあ、感激だったよ。きみのおかげだ。ほんとにありがとう」

「いえ、そんな。彼女がすてきだったせいなんじゃありませんか」

私は少し遠慮して言っておいた。勃起したのがすべて私のおかげだと思われたのでは、守田の彼女に申しわけない気がしたのだ。

「まあ、それも確かにあるだろうね。でも、きみと会っていなければ、絶対にあんなにうまくはいかなかったよ。それだけは間違いない」

「先生がそう思ってくださるんなら、私はうれしいですけど」

「ところで、その彼女はね、立たなくてもセックスができる人なんだ」

「は？　立たなくても？」

私は首をかしげた。

「彼女、熱海の芸者さんなんだけど、たとえイチモツが硬くならなくても、するっと吸い込んでくれるっていう、すてきな体の持ち主なんだ」

「吸い込む？　オチン×ンをですか」

守田は首肯した。いい笑顔になっている。

「信じられないかもしれないけど、いるんだよ、そういう女性が。いつかきみに、彼女のことを小説に書いてほしいな。千ちゃんでもいいんだけど」

「いえ、ぜひ私にやらせてください。お願いします、先生」

無意識のうちに、私は懇願《こんがん》していた。立ってもいないペニスを体に吸い込むという女性に、関心が湧いてきたのだ。私にはそんな芸当はできない。

「わかった。じゃあ、今度、詳しく話そうか」

「はい。できればご本人にも、いつか会わせてください」

「そうだね。考えておこう」

守田との会話が終わると、時田がそばにやってきた。

「送っていきますよ、幸子さん」

「あっ、そうね。でも……」

私は目で東山を探した。約束していたわけではないが、今夜はきっと東山に誘われるだろうと思っていたのだ。私の視線に気づいた東山が、にこにこしながら近づいてくる。

「まどかちゃん、きょうは参加してくれてありがとう」

「ううん、こちらこそ」

「匠一も、ありがとうな」

「いえ、とんでもない。楽しかったですよ、千さん」

驚いた。いつの間にか、二人はこんなふうに名前で呼び合うようになってい
る。話しているうちに、息が合ったということだろうか。
「今夜、俺は守田さんと飲む約束なんだ。悪いけど、ここで失礼するよ」
「また今度、どこかでお会いしましょうよ、千さん」
「そうだな。連絡するよ。じゃあ、これで」
東山は去っていった。こうなったら同じ横浜方面へ帰るのだし、時田に送っ
てもらわない手はない。

三十分後、私は時田の車の助手席に座っていた。車は高速に乗っている。東
山との会話が楽しかったのか、時田は上機嫌だ。
「何を話したの？　千ちゃんと」
「いろいろです。幸子さんと千さんの話も、ちゃんと聞かせてもらいました。
二人でやってる『お姉さんごっこ』のことですよ。ちょっと妬《や》けちゃったけど、
すぐに納得しました。千さん、正直に話してくれたから」
時田が東山に嫉妬しているのはわかっていたし、私は東山との関係を隠して

おこうと思っていた。まさか東山が自分から話してしまうとは……。

「ぼく、幸子さんへの気持ちも話しました。いつかは結婚したいってことも」

「そこまで？」

「はい。いまは『お母さんごっこ』をしてもらっていることも含めて」

もう時田と東山の間には、なんの秘密もないということのようだった。

「千さんもずいぶん悩んだみたいですね、お姉さんのことで」

「そうなの？　私には、すごく割り切っているように見えるけど」

「いまみたいな気持ちになるまでが大変だったんですよ、きっと。だって、一番好きな人が身近にいて、その人とはセックスもできないわけですから」

時田がそう感じたのは、自分も同じ立場だからだろう。

「千さん、お姉さんとセックスすることについては、十代のうちにあきらめがついたんだそうです。お姉さんは自分にとって一番大切な存在だし、そこにいてくれるだけで十分なんだ、って」

「ほんとに大切にしてるみたいだものね、お姉様のこと」

「お姉さんへの気持ちはそのままで、性的欲望は『お姉さんごっこ』で満たす。

自分はそれで十分だ、って考えたんだそうです。だから、結婚なんかする必要もないって」

東山の官能に迫力があるのは、そういう意識が現れているせいなのだろう。姉は自分にとって絶対的な存在なんだ、という彼の言葉が思い出される。

「でも、ぼくはそれじゃ駄目だって言われました」

「えっ、どういうこと？」

「ぼくは幸子さんが好きになって、結婚したいと思ってるわけです。もしそうなら、母のことは卒業しなければ駄目だ。それが千さんの言葉です」

東山らしいな、と思った。自分は結婚などしないのだから、姉を卒業する必要はない。そういう意味なのだろう。

「で、結論として、母にぶつかってみるべきだ、って言われました」

「ぶつかってみるって、つまり……」

「母に思いを告白しろってことです。うまくいくかいかないかは別として、そうしなければ卒業なんかできない。それが千さんの考え方なんです」

「なるほど。一理あるかもしれないわね」

「はい。ぼく、幸子さんに出会って、とうとう母を超える女性に出会えたって思いました。たぶんそれは間違ってません。でも、母のことを忘れられたかって言われたら、やっぱり忘れられてないんです」

「そうよね。私と『お母さんごっこ』をやりたくなるぐらいだから」

「すみません」

少しうなだれたような顔をして、時田は謝ってきた。久しぶりに、彼のことをかわいいと思った。いとおしさが湧いてくる。

「いいのよ、謝らなくたって。あなたにとって、お母様はそのぐらい大きな存在なんだから。でも、できるの？　ちゃんとお母様にぶつかれる？」

「やります。そうしないと、幸子さんを愛する資格はない、って千さんに言われちゃいましたから」

時田の母の気持ちを、私は想像してみた。東山に言われるまで、息子の雄平が私を女として見ているなんて、考えたこともなかった。だが、言われたとたんに、雄平の存在がすごく気になってきた。私も息子を一人の男として意識するようになったのだ。

時田の母は、もう息子の思いに気づいているのだろうか。

「ねえ、時田くん。お母様はあなたの気持ち、知ってらっしゃると思う？」

「いや、それはないでしょう。ずっと母に夢中でしたけど、ぼく、これまではなんの行動も起こしてませんから」

なんの行動も起こしていない？　私は思わず笑ってしまった。私との『お母さんごっこ』のとき、オナニーの際に母親の下着を使っていたことを、時田はとっくに白状しているのだ。

「何言ってるのよ、時田くん。お母様の下着、いたずらしてたくせに」

「は？　母の下着、ですか。そりゃあ、確かにやってましたけど、母にはバレてませんよ。ぼく、ちゃんと拭いて洗濯機に返してたし」

私は首を横に振った。

「甘いわね。その程度で母親の目をごまかせると思ってるの？」

「じゃあ、母は気づいてたんでしょうか？　自分の下着が汚されてることに」

「もちろんよ。いくら拭いたって、匂いは残るのよ、時田くん。お母様、ちゃんと匂いくらいは嗅いだと思うわ」

「ほんとに?」

私はうなずくのと同時に、子宮の奥に熱いうずきを覚えた。きょうの懇談では刺激的な話題ばかりだったから、話している最中から、たぶん濡れていたのだ。あらためて蜜液が湧いてきた気がする。

しばらく沈黙してから、時田は言った。

「確かにバレてたかもしれませんね。ほとんど毎晩、母のパンティーに射精してたわけだから。特に母が脱いだあとのパンティーには興奮しました」

うちと同じだわ、と私は思った。私が入浴前に脱いだパンティーを、どうやら雄平は自分の部屋に持ち込んでいたらしいのだ。

「お母様、あなたの気持ちもわかってたんじゃないかな」

「そう思います?」

「確証はないけどね。私の場合、下着が汚されてるのを見ても、女性の下着に興味があるだけだろう、なんて考えてたわけだから。息子は絶対に私を女として意識してるはずだ、って千ちゃんに言われて、意識するようになったけど」

東山の意見が正しければ、中学生のころから、雄平は私の体に興味を持っていたことになる。いまでも同じ気持ちでいてくれるのだろうか。できればいてほしい、と心の底から思った。私は雄平に、一人の女として見られたいのだ。

「お母様にぶつかるとき、その話から入るのがいいかもね」

「その話って？」

「下着のことよ。お母様に聞いてみるの。ぼくがパンティーに射精してたこと、知っていたか、って」

「ああ、幸子さん」

母に告白するシーンを思い浮かべて興奮したのか、時田はやるせなさそうな声を出した。

私は右手を、彼の股間に伸ばした。

「あっ、幸子さん。な、何を……」

「いいから、あなたは前を見ていて。あらあら、もうこんなになってる」

時田のペニスはすっかり硬くなり、ズボンの前を押しあげていた。

「さあ、練習よ、健ちゃん。私をお母様だと思って、聞いてごらんなさい。さつきのこと」

時田はうなずいた。正面を見つめているが、彼の頬が徐々に紅潮してくる。

「ママ、話があるんだ。中学生のころのことなんだけど、ぼくがママの下着をいたずらしてたこと、知ってた?」

ほんとうに予行演習のつもりなのだろう。時田は緊張しているように見えた。こちらも真剣にならなければならない。

「ママの下着?」

「う、うん。ママがお風呂に入ったあと、洗濯機からパンティーを出して、自分の部屋へ持っていってたんだ。匂いを嗅ぎながらオナニーして、最後はそこに白いのを出してたんだよ、ぼく」

私の頭には、雄平の顔が浮かんでいた。あの子がこんな告白をしてきたら、私はどのように応じるのだろうか。それを想像しながら答える。

「知ってたわ。でも、どうして? どうしてパンティーに射精したの?」

「す、好きだからだよ。ぼく、ママが好きなんだ」

「健ちゃんったら……」

私はズボンのファスナーをおろした。そこから指をもぐり込ませる。

「だ、駄目だよ、ママ。ぼく、う、運転してるんだから」

「わかってるわ。だから、あなたはちゃんと前を見ていて」

トランクスの開口部から、私は時田のペニスを引っ張り出した。見事なまでに勃起していた。亀頭の部分には、先走りの透明な粘液がにじみ出ている。

「はっきり言って、健ちゃん。ママが欲しいの？」

「ほ、欲しいよ。ぼく、ママが欲しい」

「ああ、健ちゃん」

心の中では「雄ちゃん」と叫びながら、私は時田の下腹部に顔をうずめ、肉棒を頬張った。そのままの格好で、私は左手をおろし、スカートの中にもぐり込ませた。パンストとパンティー越しに、秘部を縦になぞる。

雄ちゃん、ママも欲しいわ。あなたが欲しい……。

高速を走る車の中という特殊な状況が、私をいちだんと欲情させたのかもしれない。指の動きを速めるのとともに、激しく首を振った。脳裏には、うっとりとした表情の雄平がいる。

いいのよ、雄ちゃん。出して。ママのお口に出して……。

「だ、駄目だよ。ぼく、ほんとに、ああっ、ママ」

時田のペニスが、射精の脈動を開始した。びくん、びくんと震えるごとに、熱い欲望のエキスが噴出してくる。

私は動きを止め、時田の精液を受け止めた。残液を搾り出すように、唇をすぼめて肉棒をしごいてから口を離し、口腔内の液体をごくりと飲みくだす。

放出を終えても、時田のペニスはなかなか柔らかくならなかった。少し苦労しながら、私はそれをトランクスの中に戻してやる。

絶頂にまでは至らなかったが、私もそれなりに感じることができた。頭の中には、射精して陶然《とうぜん》となった雄平の顔が浮かんでいる。

「ありがとう、ママ。最高だったよ」

うっとりとした声で、時田がつぶやいた。私と同様、彼の中でもまだ『お母さんごっこ』が続いているようだった。

二カ月が経過した。時田の私への気持ちに嘘はなさそうだったが、彼の中にまだ母への思いが生きていることもまた事実に違いなかった。東山に諭《さと》されて、時田は母にぶつかってみようという気になったらしい。

私のほうはと言えば、雄平のことばかり考えるようになっていた。精液を浴びた私の下着を何度も見ているというだけで、まだあの子からアプローチがあったわけではない。それでもすっかり、きっとあの子は私のことを女として見ている、という気持ちになっている。

栗桃書房からの二冊目として、姉にあこがれる弟を主人公にした物語を書き進めてはいるものの、いまいち気持ちが乗ってこなかった。私には実際、四つ年下の弟がいるのだが、彼が私を女として見ているとは考えにくいからだ。

息子の雄平をモデルにした一冊目は、ストーリーにのめり込むようにして書くことができた。弟をテーマにしたこの物語は、まだまだ苦労することになるのかもしれない。

そんなわけで、私が少し行き詰まりを感じていたころ、思わぬ人から電話があった。平木《ひらき》慎一《しんいち》。雄平の中学校時代からの友だちだ。高校は別々になってしまったが、それでもときどき遊びに来ていた。いまでも仲がいいのだろう。

――すみません、おばさん。突然、電話なんかしちゃって。

「ううん、ぜんぜんかまわないわ。でも、どうしたの？　雄平、北海道へ行っちゃってるし、あの子に話があるのなら、携帯にかけるはずよね」

――はい。実はおばさんに用事があるんです。

「私に？　あら、何かしら」

――おばさん、『ダルセーニョ』の記事、読みました。

「えっ？　あ、ああ、そ、そうなの？」

東山、時田、守田と懇談した様子は、『ダルセーニョ』の先月発売号に掲載された。亀井まどかという名前は知らなくても、堂々と顔を出しているのだから、見る人が見ればすぐに私だとわかる。

――すごいですね、おばさん。官能小説を書いてるなんて……。

「もともと同人誌で小説を書いてたんだけど、ある人が勧めてくれて、まず雑誌で短編を書いたのよ。そうしたら、長編を書いてみないかって話になって」

なんだか言いわけをしているみたいで、おかしな気分だった。私は法律を犯しているわけでもないし、咎《とが》められるようなことは何もしていないのだが、官能小説となると、やはりどこかに照れくささが付きまとう。

――あそこに出ていたから、『禁断と呼ばないで』も買って読みました。

「あら、ほんとに？　ありがとう、って言ったらいいのかしら」

――おばさん、すごいです。俺、けっこう感動しました。

「そんな、感動だなんて……」

――嘘じゃありません。もちろん、興奮のほうが大きかったですけど。

慎一はなぜ電話してきたのだろうか。まず考えられるのは、私に興味を覚えたということだ。私のことは六年以上も前から知っているわけだから、あるいは女として意識していたのかもしれない。

官能小説を書くぐらいだから、頼めばやらせてくれるのではないか。そんなふうに考えた可能性もある。

――すみません、おばさん。ぜひ相談に乗ってほしいんです。

「相談？　なんの相談かしら」

――さすがに電話では言えません。これからそっちへ行っちゃ駄目ですか。できれば直接、会ってお話ししたいんです。お願いします。

知らない仲ではないのだし、ここまで言われたら断るわけにはいかない。素直な性格の子だったし、さすがに襲ってくるようなことはないだろう。

「わかったわ。来てちょうだい」

——ありがとうございます。

「いま三時すぎよね。どのくらいで来られる？」

——すぐにでも。走れば五分ですから。

「そう。じゃあ、待ってるわ」

電話を切ったあとで、私は自分がわくわくしているのに気づいた。べつに慎一に抱かれたいなどと思っているわけではないのだが、久しぶりに彼に会うのが楽しみになっている。

私は部屋着のワンピースを脱ぎ、やはりワンピースだが、ミニ丈のものに着替えた。膝上二十センチはあるだろうか。彼の相談の具体的な内容まではわからないが、ふともももぐらいは見せてやってもいいだろう。

約束どおりに五分で、慎一はマンションの玄関に現れた。オートロックを解除し、玄関に出て彼を待つ。

チャイムが鳴るのと同時に扉を開け、彼を迎え入れた。

「ど、どうも。突然、すみません、おばさん」

「いいのよ。さあ、入って」

私は慎一をリビングに案内した。もう何度も来ているから、慎一も慣れたもので、すぐソファーに腰を沈める。

私はカウンターになったキッチンに立った。

「慎一くんはコーヒー、大丈夫だったわよね」

「はい、大好きです。最近はブラックで飲んでます」

「そう。いまいれるから、待ってて」

私は慎一の様子を観察した。会うのは半年ぶりくらいになるだろうか。もともと雄平よりも少し大きかったが、また少し背が伸びたような気がする。

「大学、どう？」

ドリップを開始しながら、私は尋ねた。慎一は家から三十分もあれば通える、横浜市内の大学に通っている。

「いや、思ったとおり、レベルが低いですね。もちろん、俺のレベルも低いってことですけど」

「そうなの？」

「なんたって、偏差値四十台の学校ですから。雄平はすごいよな。一発で北大に受かっちゃうんだから」

家計のことを考えて、雄平は国立を目指してくれたようだった。私としては慎一のように、近くの私立へでも行ってほしかったのだが、それは仕方がない。

コーヒーを二つのカップに移し、私はトレーに載せて運んだ。テーブルにカップを置き、慎一の正面に腰を沈める。

「どうぞ」

「い、いただきます」

カップを手に取りながら、慎一の目が私の下半身に注がれるのがよくわかった。少しどぎまぎしているようにも見える。

私はいたずら心を起こし、ひと口コーヒーをすすったあと、すっと脚を組んでみた。ワンピースの裾がずりあがり、ふとももがかなり大胆に露出してきた。彼のほうからは、パンティーも少し見えているかもしれない。

「お、おばさん」

テーブルにカップを戻し、慎一は背筋をピンと伸ばした。

「あの小説、すごく興奮しました」

「ありがとう。そう言ってもらえると、うれしいわ」

「俺、前から雄平のこと、うらやましいと思ってました」

「うらやましい？」

「はい。おばさん、すごくきれいだし、ミニスカートもはいてくれるじゃないですか。あいつはいつも、おばさんの脚が見放題だったわけでしょう？」

褒めてくれているのだろうが、まだ慎一が何を考えているのかまではわからなかった。黙って聞くしかない。

「あの小説を読んで、思いました。実際の母子でも、あんなふうになれるかもしれないんだよな、って。でも、違いますよね？　おばさん、雄平とああいうふうにしてるわけじゃないでしょう？」

「そのとおりよ。小説はフィクション。でも、どうしてそう思ったの？」

「俺、ここへ来るたびに雄平に言ってたんです。おばさん、すごくセクシーでいいよな、って。でも、あいつ、いつも素っ気なかったんです。いくら色っぽくたって、ママはママだから駄目だよ、って」

この発言は、私にはややショックだった。雄平は最初から私のことを、あきらめていたようにも聞こえる。それでも、色っぽいとは思ってくれていたというのだから、ある程度は満足すべきなのかもしれない。

慎一はまたコーヒーを飲んだ。ひと息ついて、さらに言う。

「おばさんだから正直に言っちゃいます。俺、普通じゃないんです」

「普通じゃない？　どういうことかしら」

「お、俺、おふくろがズリネタなんです」

私はカッと体が熱くなるのを感じた。「ズリネタという言葉は東山が教えてくれた。オナニーの際に思い浮かべる女性のことだ。慎一は母親の体を想像しながらオナニーをしている。つまり、彼は母親とセックスがしたいのだ。

慎一の母の友梨香《ゆりか》は私より二つ年上だが、色気たっぷりの女性だ。家が近いせいもあって、雄平の中学時代には、よくお互いの家を往き来していた。

「べつに珍しいことじゃないんじゃない？」

できるだけすました声で、私は言った。

「ほんとにそう思います？　お母さんをズリネタにしてる人、ほかにもいるってことですか」

「たぶんいくらでもいるわ」

　これは自信を持って放った言葉だった。私は現実に時田という母親に夢中の男を知っているし、東山によれば、若い男性が母や姉を女性として見るのは当たり前のことなのだという。

「だから、自分はおかしいなんて思う必要はないのよ、慎一くん」

　ここへ来て初めて、慎一の顔から笑顔がこぼれた。

「おばさんにそう言ってもらえると、なんだか安心します」

「私もね、あんな小説を書いたけど、母親に欲望を燃やす息子がいるなんて、実は考えたこともなかったの」

「ほんとに？」

「ええ。でも、いろんな人と会ってるうちに、考えが変わってきたの。たとえば、知ってるかしら？　東山千って官能作家」

「もちろん知ってますよ。デビューのときからファンです。彼の本は二十二冊、全部持ってます」

出しているる本の冊数まで知っているのだ。これは本物のファンだろう。

「彼に言われたの。私の息子や弟も、私を女として見ているはずだ、って」

「東山千がそう言ったんですか」

私はうなずいた。東山との出会いは、私にとって大きな経験だった。息子や弟が私に向ける視線について、彼が話してくれていなければ、私が官能長編を書くなんてことはなかっただろう。

「慎一くん、あなたが正直に言ってくれたから、私も全部話すわ。あなたが思ってるとおり、私と雄平の間には何もない。でもね、あの小説を書いている間、私はずっと雄平のことを想像していたの」

「やっぱり？　そうなんじゃないかと思ってました。背格好とか表情とか、まさに雄平だったし」

「最初のシーン、覚えてる？」

「息子がオナニーしてる部屋に、母親が入っていってしまうんですよね」

東山が与えてくれたヒントから、私が考えついた場面だ。私のパンティーを手に、雄平がオナニーしているところを想像しながら書いた。あそこを書いている間だけで、たっぷりパンティーを濡らしてしまった覚えがある。

「あの子が私のパンティーをいじってることは、前から知ってたわ。中学に入ったくらいからかな。でも、私は、女性の下着に興味が湧いただけだろう、ぐらいに考えてたの」

「あいつもやってましたか。俺も同じですよ、おばさん。いまだって自分でするときは、おふくろのパンティーを使ってます」

「最後はそこに出すのね、白いのを」

「は、はい、そうです」

慎一の頬が、いっぺんに赤く染まった。ここまで正直に話したとはいっても、まだまだ恥ずかしさはあるのだろう。

「雄平も一緒。こんなにたくさん出るんだ、ってびっくりするぐらい、私のパンティーに精液がべっとりついてたわ」

「ああ、おばさん。おばさんの口からそんな話をされると、俺、それだけでたまらなくなっちゃいます」

「うれしいわ、そういう反応。これから小説を書くための刺激になるもの」

私は子宮の奥にうずきを覚えた。蜜液が湧き出てきているに違いない。

「東山さんに言われたせいもあるけど、私、とにかく雄平のことを考えながら小説を書くって決めたの。これまで何も感じなかったけど、雄平が私を女として見てくれているかもしれないって考えたら、すごくうれしかったから」

「ああ、やっぱりうらやましいな、雄平が。うちのおふくろ、俺のことなんか、なんとも思っちゃいないだろうし」

「それはどうかしら。けっこう意識してたりして」

私が言うと、慎一は寂しそうに首を横に振った。

「ありませんよ、それは。俺、高校のころから初体験はおふくろとしたいって思ってたから、それなりに努力はしてきたんです。おふくろが着てる服を褒めたり、美容院に行ってきたあとには、髪型が似合ってるよって言ってみたり」

「へえ、すごいじゃないの。もし雄平がそんなことしてくれたら、私、それだけで大喜びしちゃうわ」

「うちは駄目です。おふくろ、なんの反応もないんです。おふくろが風呂からあがってソファーでお茶を飲んでるとき、マジでセクシーだと思ったから、言ってみたんです。お母さん、きれいだね、って」

「まあ、すてき。友梨香さん、なんて答えたの？」

「大笑いしながら、何馬鹿なこと言ってるの、ですからね。がっかりですよ」

私は友梨香の気持ちを推《お》し量《はか》ってみた。息子からきれいだと言われて、うれしくないはずはない。きっと照れ隠しなのだな、というのが結論だった。

「友梨香さん、きっと照れくさかったのよ。だから、そんなふうにしか言えなかったんだわ、きっと」

「そうでしょうか」

「たぶんね。ほかにはどう？　もっとエッチっぽい話、したことないの？　たとえば、胸が魅力的だとか、脚がすてきだとか」

「あります。高校のときでしたけど、一緒にプールへ行ったんです。休憩時間にプールサイドに並んで座ってたんですけど、おふくろの脚があまりにもセクシーだったんで、つい言ってみたんです。お母さんの脚、きれいだね、って」

「わあ、すてき。雄平がそんなこと言ってくれたら、抱きついちゃうかも」

実は一度、海で雄平がそんなふうに言ってくれたことがあるのだが、私は適当に聞き流した。慎一は深いため息をつく。

「いいな、雄平は。おふくろは反応なしでした」

「うーん、無反応か。絶対にうれしかったはずなんだけどな。友梨香さん、どう答えていいか、わからなかっただけなんじゃない？」

「そうだといいんですけど」

ややうなだれて、慎一はコーヒーを飲んだ。

私もコーヒーをすすり、あらためて慎一と向き合う。

「気持ちは変わってないの？　お母さんと初体験したいって気持ちは」

「はい、もちろんです」

慎一の目に、ふたたび光が宿った。いよいよ本題ということだろうか。

「甘いと思われそうですけど、ここからが俺のお願いです。おばさんが書いた小説を読んで、俺、ちょっとずるいことを考えちゃったんです」

「ずるいこと？」

慎一はうなずき、背筋を伸ばした。表情がいちだんと真剣になる。

「怒らないで聞いてください」

「大丈夫よ。何を聞いても怒ったりしないわ」

「おばさんから、おふくろに話してもらったらどうかな、って思ったんです」

「私から友梨香さんに？」

「はい。この本のとおりに、おばさんは雄平と経験した、っていうふうに」

「本のとおりに？」

慎一は首肯した。

「息子とセックスするなんてこと、おふくろが認めるはずがないんです。でも、おばさんと雄平がやってるって知ったら、少しは俺のことも考えてくれるんじゃないかな、と思って」

「なるほど。その可能性はあるわね」

「でしょう？　駄目ですかね、おばさん」

私が雄平に抱かれていると聞いたら、友梨香は少なくとも私が東山と話したときぐらいの衝撃は受けるだろう。そんなことがあるのだろうかという驚きとともに、慎一を一人の男として意識し始めるかもしれない。

だが、私には自信がなかった。嘘をつく自信という意味だ。小説には書けたが、経験してもいないことを、すらすらと真実めかして話すことなど、たぶんできはしない。あるいは途中で、友梨香が私の嘘を見破る可能性だってある。

「ちょっと難しいわね」

「あっ、やっぱり駄目ですか」

慎一は肩を落とした。その落ち込みようは、見ていて気の毒になるほどだった。彼なりに必死で考え、私に母への思いを打ち明けてきたのだろう。

「友梨香さんと話すのがいやだって言ってるわけじゃないのよ。ちゃんと話すわ。嘘をつくのが無理だってこと。正直に言ってみればいいと思うのよ。私の気持ちをね」

「おばさんの、気持ち？」

この半年、私にとっては激動の期間を、私は思い返してみた。時田が文学賞を受賞し、そのパーティーで彼から告白を受け、抱かれた。その際、彼に官能小説を書いてみないかと勧められ、須川の雑誌で書かせてもらったのが最初だ。須川の紹介で東山に出会い、息子が私を女として見ているはずだと言われる。

友梨香さんだって、きっと何か感じるはずよ。もし慎一くんが、自分を抱きたがってるって知ったら……。

私はほぼ決心していた。

「東山さんに会ったりして、いろいろ話を聞いているうちに、私は雄平を一人の男として見るようになった。いまは抱かれたいって、はっきり思ってる。その話をしてみるわ、友梨香さんに。それで彼女がどう感じるかが勝負ね」

「ありがとうございます。おばさんに相談して、よかった」

うれしそうに笑いながらも、慎の視線が私の下半身に注がれているのはよくわかった。母の友梨香一人を思い続けながらも、私にもそれなりに興味は持ってくれているのだろう。

「友梨香さんに、ちゃんと話はするわ。でも、慎一くん、もしかして溜まってるんじゃない？」

「は？　いえ、そ、それは……」

「あなた、さっきから私の脚ばかり見てるじゃないの。違う？」

「す、すみません。おばさんの脚、前からすてきだと思ってたから……」

「謝らなくていいわ。光栄なくらいよ。で、どうなの？　溜まってるの？」

慎一は少しだけ考え込んだ。やがて、おずおずと言う。

「オナニーは毎日してるんで、溜まってるはずはないんですけど、おばさんの脚を見てたら、すっかり興奮しちゃいました」

私はまっすぐ慎一の股間を見つめてみた。確かにふくらんでいる。

「初体験はお母さんに譲《ゆず》るとして、一回、出してあげようか、私が」

「ほんとに？」

「私でよければ」

「ゆ、夢みたいですよ、おばさん。俺、ズリネタはずっとおふくろだったけど、おばさんだけは特別で、ときどき想像してました。雄平のところへ遊びに来たあとは、必ずやってたんじゃないかな」

雄平もそうであってくれたらいいな、と心から思った。この半年、雄平とは一度も会っていない。ゼミ合宿があるとかで、夏休みも帰ってこなかったのだ。

「さあ、立って、慎一くん」

「は、はい」

慎一は立ちあがり、ソファーの横に出た。その足もとに、私はひざまずく。

「おばさん、あの、お、お願いがあるんですけど」

「なあに？」

「脚に、お、おばさんの脚に、さわらせてもらえませんか」

顔を真っ赤にして、慎一が懇願してきた。

「脚がいいの？　おっぱいとかじゃなくて」

「もちろん、おっぱいもさわりたいです。でも、おばさんの脚、最高だから」

海での出来事が、また頭によみがえった。雄平も私の脚にさわりたくて、あんなふうに言ったのかもしれない。

「いいわよ。ちょっと待って」

私は立ちあがり、ただでさえ短いワンピースの裾をまくりあげた。オフホワイトのパンティーが剥き出しになる。

慎一は、崩れるように床にしゃがみ込んだ。

「いいんですか、おばさん。ほんとにさわっても」

「もちろんよ。さあ、さわって」

あらわになった私のふとももに、慎一はしがみついてきた。両手でしっかりと抱きしめ、いっぱいに広げた左右の手のひらで、ふとももの裏側の一番太い部分を撫でまわす。

「き、気持ちいい。すごいです、おばさん。こんなに気持ちがいいなんて」

「よかったわ、喜んでもらえて。いいのよ、好きなだけさわって」

たっぷり五分くらい、慎一は私のふとももにさわっていた。その間、もちろん私も興奮した。間違いなく蜜液があふれてきて、パンティーにはシミが浮いてきているはずだが、慎一がそれに気づいた様子はない。

やがて手を放し、慎一は私を見あげた。

「ありがとうございました、おばさん。夢が一つ、叶いました。いつかさわってみたいと思ってたんです。おばさんのふとももに」

言いながら立ちあがった慎一と入れ替わりに、私は床にひざまずいた。ズボンの前は、これ以上は無理というくらいにふくらんでいる。

私は迷うことなくベルトをゆるめ、慎一のズボンとブリーフを引きおろした。飛び出してきたペニスは完璧なまでに硬くなり、ほとんど下腹部に貼りつくような状態だった。私の脳裏に、また雄平の顔が浮かぶ。

ああ、雄ちゃん。欲しかったのね。あなた、ママが欲しかったのね……。

右手で根元を支え、私は肉棒をすっぽりと頬張った。苦しげで、なおかつ恍惚感を伴った雄平の表情を、容易に想像することができた。そのままゆっくりと首を振り始める。

「ああっ、おばさん。す、すごい」

できれば「ママ」と呼んでほしいところだったが、まさか慎一と『お母さんごっこ』をするわけにもいかない。

ふと思い立ち、私はペニスを左手に持ち替えた。右手を下腹部におろし、ワンピースの中に忍び込ませる。中指の腹の部分をパンティーの股布にあてがってみると、すでにそこはぬるぬるしていた。蜜液があふれてきている。

私はパンティーの脇から、中指と人差し指の二本をもぐり込ませた。指先に当たってきた肉芽を、ぐりぐりとこねまわす。

「だ、駄目だ、おばさん。俺、出ちゃう」

もう少しよ、雄ちゃん。あとちょっとだけ我慢して。ママも、ママも一緒にいきたいから。ああ、雄ちゃん……。

「おばさん、俺、ほんとに、ああっ」

慎一のペニスがはじけたちょうどそのとき、私の体にも大きな震えが走った。絶頂の到来だ。がくがくと体を揺らしながら、私は精液の噴出を受け止める。

慎一の肉棒は、十回近くも脈動して、ようやくおとなしくなった。私は口からペニスを解放し、欲望のエキスをごくりと飲み干す。

「おばさん、ありがとうございました。最高に気持ちよかったです」

「よかったわ、喜んでもらえて」

自分の指でいくことができたし、私はそれなりに満足だった。しかし、離れて暮らしている雄平のことがますます気になってきた。

近く結ばれるかもしれない慎一と友梨香のことを思うと、嫉妬心に近い感情がこみあげてくるのを、私はどうすることもできなかった。

翌日、私は友梨香を訪ね、慎一が彼女を抱きたがっていることを教えてやった。毎日のようにパンティーを汚されることには、友梨香も気づいていて、それなりに悩んではいたようだった。

「あの子の気持ち、うれしいわ。でも、母親と息子がそんなことをするわけにはいかないものね」

慎一の思いを伝えたとき、友梨香は最初、こんなふうに言った。だが、私がいつかは雄平に抱かれるつもりだと話すと、息子とのセックスを現実のものとして考えられるようになったらしかった。

なおも悩んでいる友梨香に、私は決定的なひと言を放つ。

「あなたがしないのなら、慎一くんの童貞、私がいただいちゃうわよ」

「あ、あなたが？　あなたが慎一に抱かれてしまうって言うの？」

「友梨香さんがしないのなら、たぶんそうするわ。だって、彼があまりにもかわいそうだから」

それだけ言って、私は帰ってきた。

その後、友梨香からも慎一からも連絡はないが、いずれ二人は結ばれるだろう、と私は確信している。

第六章　私のふともも、きょうだけはあなたのもの

「じゃあ、あとよろしくね」

妻の明梨《あかり》が二人の子供を連れて出ていってしまうと、俺はリビングのソファーにゆったりと腰を沈めた。俺は三十七、妻は三つ年上の四十だ。上の子は娘で十歳、小学校四年生になった。下の男の子はまだ幼稚園の年中組にいる。

三人が出かけた先は、都内にある妻の実家だ。義父も義母も子供が大好きで、二人のことはすごくよくかわいがってくれる。ひと晩泊まりの小旅行を、子供たちは楽しくすごすに違いない。

俺と明梨は、夫婦げんかをすることもほとんどない。世間からは平和で幸せな一家、と見られているかもしれない。俺は横浜市の職員という、安定このうえない職業についているし、去年、市内南区《みなみく》にこの家も建てた。順風満帆《じゅんぷうまんぱん》と言

えないこともない。

だが、俺には公《おおやけ》にできない秘密がある。これからここへやってくる母の澄佳《すみか》と、禁断の関係を結んでいるのだ。

初めて母と肉体関係を持ったのは、俺が高校二年のときだった。だが、それは誤解から始まった。俺は母を、抱きたくて抱いたわけではないのだ。

俺には幸子という、四つ年上の姉がいる。姉は昔から評判の美人で、小中学校のころから、俺の友だちなんかも、みんながあこがれるような女性だった。

かく言う俺も、姉にはずっと魅せられてきた。性に目覚めたのも、姉が原因と言ってもいい。超ミニスカートからふとももを大胆に露出させた姉の夢を見ながら、俺は初めての射精を体験した。夢精というやつだ。

家に帰ってくれば、大好きで超セクシーな姉がいるのだから、ほかの女性になど目が向くわけもない。ひたすら姉に夢中になったまま、俺は中学、高校へと進んでいった。

オナニーは毎晩していたし、ときには昼間にペニスを握ることもあった。たとえば学校から帰ってきて、居間で姉のパンチラでも見せられたりしたら、即、オナニーをしなければ気が済まなかった。

オナニーの小道具として、俺は姉のパンティーを使うようになった。洗濯機から持ち出してきた薄布を顔に押しつければ、間違いなく姉の匂いを嗅ぐことができたし、姉の秘部に密着していた布きれは、俺にとって宝物でもあった。

だが、高二の秋、思わぬ展開になる。夜遅く、俺が例によってパンティーを手にオナニーをしていると、突然、部屋の扉が開き、母が入ってきたのだ。

あまりにもばつが悪く、あわてまくる俺に、母は落ち着いた声で言ったものだった。

「いいのよ、俊ちゃん。ママが刺激しちゃったのがいけなかったのね。気にすることないわ。これからもママのパンティー、好きにいじってちょうだい」

そこで俺はやっと気づいた。これまで姉のパンティーだと思っていたずらしていた薄布は、実は母のものだったのだ。あとで知ったことだが、当時の姉は白かベージュのシンプルなパンティーしか持っていなかったらしい。

その晩はそれで終わったものの、翌日、俺が学校から帰ってくると、リビングで母が待ち受けていた。しかも、普段ははかないような超ミニのスカートを身につけている。

　正面に座る俺に、母はほんとうに申しわけなさそうに言った。

「俊ちゃんだって男の子ですものね。その歳になれば、女の体に興味を持つのは当たり前よ。気づいてあげられなかったママのせいだわ」

「いや、ママが悪いわけじゃないよ」

「ううん、やっぱりママの責任よ。セクシーなパンティーとかで、俊ちゃんを刺激しちゃったんだから。ほんとうにごめんなさい」

　話しながら、俺は母の下半身から目をそらすことができなかった。ミニスカートから白いふとももが露出していて、その奥にはかすかだがパンティーものぞいているのだ。

　姉の幸子があまりにも魅力的だったため、どうやら俺は母のセクシーさに気づいていなかったらしい。向かい合って母のふとももやパンチラを拝ませてもらっているうちに、どんどん興奮がつのってきた。ズボンの前が突っ張る。

「俊ちゃん、これから受験もあるし、大変じゃない？」

「う、うん。そりゃあ……」

「変な欲望が湧いてきたら、お勉強に差《さ》し支《つか》えるわ。受験までの間、ママにお手伝いさせてちょうだい」

「お手伝いって？」

「わかるでしょう？　俊ちゃんの欲望、ママにぶつけてくれればいいのよ」

「ほんとに？　ママ、ほんとにいいの？」

うなずいた母はまず俺を立たせ、自分は床にしゃがみ込むと、あっさりズボンとブリーフをおろし、躊躇なく肉棒を口に含んだ。あまりの快感に耐えることができず、ほんの数秒で母の口腔内に白濁液を放ってしまった記憶がある。

それから自分の部屋のベッドに移り、俺は童貞に別れを告げた。母と初めてのセックスをし、母の肉洞の中に大量の欲望のエキスを放ったのだ。

その直後、姉が突然、結婚してしまったせいもあって、俺は母との関係を深めていった。翌年、受験生になった俺にとって、性欲に悩まされなくて済むことは、非常にありがたかった。ほとんど毎日のように、学校から帰ると母を抱き、あとは必死で勉強した。結果として横浜国大に進み、いまは無事、公務員になっている。

でも、やっぱり俺には姉さんなんだよな。ああ、姉さん……。

今年四十一になったが、姉は相変わらず美しく、そしてセクシーだった。妻の明梨は、むっちりとした体つきが姉とよく似ている。目もとなど、顔にも少し似通った部分がある。だからこそ、俺は明梨を妻にしたのだ。

妻を抱いているとき、俺はいつも姉のことを想像している。肉体的に近いところがあるため、実際に姉を抱いている気分になれるのだ。射精の際、「姉さん」と叫んでしまいそうになったことが、何度もある。

姉の代わりといえば、母だって同じだ。どちらかといえば姉は父親似ではあるけれど、母の顔にだって姉を思わせる部分がある。初体験からちょうど二十年になるが、俺はいまでも姉を抱いているつもりで、母と関係を続けている。

母は六十二になったが、だれの目にも四十代にしか映らないらしい。俺と歩いていて、夫婦と間違えられたこともある。

私が若くいられるのは、みんな俊ちゃんのおかげよ、と母は言う。そういう部分も確かにあるのだろう。きょうのように家に呼んだり、あるいはホテルを取ったり、最低でも月に一度くらいは母との時間をすごしている。

だが、俺はどうしても姉を忘れることができない。性に目覚めたころから持っている姉を抱きたいという思いは、最近、さらに強いものになった。なぜなら、姉が近親相姦を扱った官能小説を書いたからだ。

数年前から、俺は東山千という官能作家が好きで、彼の本はだいたい読んでいる。相姦を扱ったものが多く、特に彼の書く姉ものが大好きだった。俺の姉への思いを、そのまま描いてくれているようにさえ感じられるのだ。

その東山千が雑誌『ダルセーニョ』で官能懇談というのを行い、相手の一人として官能作家の亀井まどかという女性が出てきたのだが、それがなんと姉だった。同人誌のメンバーになっていて、純文学をやっていることは知っていたが、まさか官能小説を書くとは思ってもみなかった。

そこで紹介されていた『禁断と呼ばないで』という姉のデビュー文庫を、俺はさっそく手に入れた。読みだすと止まらなくて、夢中になって読んでしまった。姉は母子相姦をテーマに書いていたのだ。

姉には雄平という一人息子がいる。姉の書いた物語を読んでいると、どうしても雄平の姿が目に浮かんできた。姉が雄平との実体験を書いているように思えてしまう。

姉さんが母親じゃ、雄平がそういう気になるのは仕方がないよな。でも、雄平のやつ、ほんとに姉さんと……。

そう考えると、俺はどうしようもないほど嫉妬に駆られた。

確かめてみるしかないな。明日あたり、姉さんに電話してみるか……。

周囲から、姉と俺は普通に仲のよい姉弟に見えているはずだし、俺が姉に電話をかけることはよくある。お互いの近況とか、どうでもいいことを話すのだが、そこには姉にも知られていない秘密がある。姉と電話している間、だいたいの場合、俺は下半身を剥き出しにして、硬くなったペニスを握っているのだ。

テレホンセックスなんてものができたら、最高に幸せなのだろうが、俺はそこまでは望んでいない。ただ姉と普通に会話を交わしながら肉棒をしごきたてるだけで、十分に快感を得ることができる。射精した直後、つい言葉が途絶えてしまい、大丈夫？　なんて声をかけられたこともあるが、たぶん姉に気づかれてはいないだろう。

電話して、姉さんが書いた官能小説のことを話題に出してみよう。けっこうエッチな話ができるかもしれない……。

そう考えると、俺はわくわくした。姉の魅惑的な脚、特にむっちりしたふとももを思い浮かべてペニスが急激に硬くなってきたところで、家のチャイムが鳴った。母がやってきたらしい。


「久しぶりね、俊ちゃん」

玄関に入ってきたところで、母はまずコートを脱いだ。下から現れた格好を見て、俺はにやりとする。母は膝上二十センチ以上のミニスカートをはいているのだ。しかも生脚だ。ここへ来るときは、いつもこういう服装をしている。

「そのままあがって、ママ。ハイヒールを脱がないで」

「ふふっ、もちろんよ。俊ちゃん、好きだものね、ママのハイヒール」

妻や子供たちの前では「おふくろ」なんて呼んでいるが、二人きりのときは相変わらず「ママ」だ。俺は母の手を引き、リビングに入った。そこでまずしっかりと抱きしめ、唇を合わせる。

母が伸ばしてきた舌と自分の舌をからめ合いながら、俺は右手で母の胸を揉んだ。乳房は姉よりもだいぶ大きい。Ｆカップなのだという。多少、垂れてきている気はするが、それでもまだ十分に魅力的だ。その弾力をたっぷり味わう。

唇を離したところで、俺は床にしゃがみ込んだ。引き締まった足首に両手をあてがい、そこから上に向かって左右の手のひらをすべりあげる。ふくらはぎの肌もすべすべだった。膝の裏側を通りすぎ、手はふとももに到達する。

「ああ、ママ。気持ちいい」

「ママもとってもいい気持ちよ。もう濡れちゃいそう」

量感たっぷりのふとももを撫でながら、俺は脳裏に姉の顔を思い浮かべていた。俺を性に目覚めさせた白いふとももが、頭の中いっぱいに広がる。

セックスなんかできなくたっていい。姉さんのふとももに、せめてこうやって思いっきりさわることができたら……。

俺は手の動きを速めた。股間のイチモツは、すでに完璧なまでに勃起している。母のスカートがまくれあがって、パンティーが露出してきた。きょうはベージュ系だ。派手好きの母にしては、おとなしい色と言える。股布の部分には、早くも淫水のシミが浮き出ている。

なおもしばらくふとももを撫でまわしてから、俺は立ちあがった。交代に、今度は母が床にひざまずいた。俺たちの間では、これはルールのようなものだった。まず俺が母のふとももにさわり、続いて母が俺にサービスしてくれる。

イージーパンツとブリーフを一緒にして、母は足首までずりさげた。飛び出してきた肉棒が、勢いでぱちんと下腹部を打つ。

「まあ、相変わらず元気ね、俊ちゃんのオチン×ン」

「当たり前だろう？　これからママとできるんだから」

「ああ、俊ちゃん」

母はいきり立った肉棒に右手を添え、舌を突き出した。陰嚢に近いほうから亀頭の裏側まで、ペニスをすっと舐めあげる。

俺の体に、ぴくぴくっという細かい震えが走った。

何度か縦の愛撫を繰り返したあと、母は大きく口を開け、肉棒を頬張った。

普段は亀頭の周辺をちろちろと舐めたりもするのだが、きょうはダイレクトだった。あるいは母自身、早く抱かれたくて仕方がないのかもしれない。

母と妻の明梨以外の女性と、俺は交わったことがない。当然、フェラチオ経験も二人だけだ。比較するのもかわいそうだが、口唇愛撫に関しては、断然、母のほうがうまい。明梨は俺が望むから仕方なくやっているという感じなのだが、母はまるでいとおしむように、俺のペニスを愛撫してくれる。

とはいえ明梨だって、やってくれるだけ、まだましなのかもしれない。職場の同僚と酒の席でこんな話をすると、妻なんか何もしてくれない、と文句を垂れる男が意外に多いのだ。一生懸命という感じではないが、少なくとも明梨はフェラチオをいやがったりはしないのだから。

母の首の動きがスピードを増した。鼻から悩ましいうめき声をもらしながら、激しくペニスを刺激してくる。

「すごいよ、ママ。こんなことされてたら、俺、出ちゃうかも……」

久しぶりに、このまま口に出させてもらおうかな、と俺は考えたのだが、そうはならなかった。母がペニスを解放し、紅潮した顔をあげて言う。

「ママもう我慢できなくなっちゃった。俊ちゃん、すぐにしてくれる？」

「あ、ああ、かまわないよ」

先ほど俺が考えたとおり、母はすでにたまらない気持ちになっているようだった。口内発射ができないのは残念だが、まあ仕方がない。

俺は足踏みするようにして、イージーパンツとブリーフを足首からはずした。

母は立ちあがると、ハイヒールをはいたまま、するするとパンティーを脱ぎ捨てた。ソファーの背もたれに両手をつき、お尻を後方へ突き出す。

俺は背後から母に近づき、スカートを腰の上までまくりあげた。下腹部を母のお尻に密着させていく。

開かれた脚の間から、母の右手が伸びてきた。いきり立った俺の肉棒を握り、先端を淫裂へと誘導する。

「ああ、硬いわ、俊ちゃん。まるで鉄の棒みたい」

ため息をつくように、母が言った。相変わらず悩ましい声だ。この声も、なんとなく姉に似ている。

張り詰めた亀頭の先に蜜液のぬめりを感じたところで、俺はぐいっと腰を突き出した。ペニスはずぶずぶと、母の肉洞に侵入する。

「ううっ、ああ、ママ」

快感を覚えるのと同時に、俺はまた姉の顔を思い出した。いつかこんなふうに姉を抱いてみたい。そんな気持ちが、もう二十五年も続いている。永遠の夢、ということになるのだろうか。

「すごいわ、俊ちゃん。ママのがいっぱいになってる」

俺は母のウエストを両手でつかみ、腰を使い始めた。ぴちゃぴちゃという淫猥な音が、リビングいっぱいに響きわたる。

立位《りつい》の後背位は、母が好む体位だ。この格好で交わるとき、母は必ず自分の指で肉芽をいじる。さすがはベテランで、見事なまでに俺が射精するタイミングに合わせて、自分も快感の極みへとのぼりつめるのだ。

思ったとおり、母は右手を股間におろした。俺のピストン運動に合わせて、指を使っているらしい。

俺は唐突に、姉が書いた小説の中の一シーンを思い出した。

もう童貞を奪ったあとの話だが、息子が学校から帰ってくると、母親はキッチンで食事の支度をしていた。

その後ろ姿に欲情した息子は、背後から母を抱きしめてスカートをまくりあげる。ズボンとトランクスをおろし、彼はそそり立った肉棒を母の体に突き立てるのだ。母がパンティーを脱がずに、股布をずらして脇からペニスを迎え入れたところが、特に印象に残っている。

姉さん、雄平とあんなことをしてるんだろうか。ああ、姉さん……。

嫉妬心が欲望に火をつけたらしく、自然に俺の腰の動きにスピードが加わった。乱暴とも言える動作で、ペニスの抜き差しを行う。

「ああっ、俊ちゃん。いいわ。ママ、すごくいい」

「俺もだよ、ママ。さ、最高だ」

「出して、俊ちゃん。ママの中に、いっぱい出して」

さらに激しく腰を使い、俺は頂点に達した。びくん、びくんと震えるペニスの先端から、大量の精液が母の肉洞に向かってほとばしる。

ああ、姉さん。欲しいよ。俺、やっぱり姉さんが欲しい……。

絶頂に達した母と一緒になって床に崩れ落ちながら、俺はやはり姉のことを考えていた。


二十分後、俺はソファーで母と向かい合っていた。俺がいれたコーヒーを、母はおいしそうにする。

「ほんとにじょうずね、俊ちゃん。コーヒー専門店で飲んでるみたい」

「コーヒーだけは凝《こ》ってるからね」

「高校のときからだものね、あなたがうちでコーヒーをいれてくれるようになったのは」

そうだった。県立高に通い始めてしばらくたったころ、仲よくなった友人とたまたま入った喫茶店で飲んだコーヒーに、俺はショックを受けた。家ではインスタントしか飲んだことのなかった俺は、本物のコーヒーはこんなにおいしいものなのか、と気づかされたのだ。

俺はその店に通い詰め、マスターからドリップの仕方も教わった。いれ方一つで、コーヒーはまったく違う味になってしまう。姉や母がおいしそうに飲んでくれると、すごくうれしかった覚えがある。

「さっちゃんも大好きだったものね、あなたのいれてくれるコーヒーが」

母は姉の幸子を「さっちゃん」と呼ぶ。俺も昔はそう呼んでいたのだが、いつからか自然に「姉さん」に変わった。

「あっ、さっちゃんといえば、すごいわね、あの子」

カップをテーブルに戻した母は、持ってきたバッグを開け、中から何かを取りだした。俺のほうへ差し出してくる。

なんと、それは姉の文庫デビュー作『禁断と呼ばないで』だった。姉が官能小説を書いたことに、母も気づいていたらしい。

「俺は買って読んだけど、ママも知ってたの？」

「まあね。亀井はうちの姓だし、まどかと来れば、円山の円って文字を思い出すじゃない？　本屋さんで本を見かけて、もしかしたらそうなんじゃないかなと思ってたら、このあいだ雑誌に載ってたから」

『ダルセーニョ』誌上での東山千たちとの官能懇談を、母も読んだらしい。不思議なのは、母がうれしそうな顔をしていることだった。娘が官能小説などを書いたと知ったら、普通はショックを受けるものなのではないだろうか。

「ママ、なんだか喜んでるみたいだね」

「当たり前じゃない。同人誌のメンバーだったし、さっちゃんがそれなりにいい文章を書くことは知ってたけど、それがとうとう商品になったんですもの」

なるほど、そういう解釈もあるのか、と俺は思った。本はまだ一冊しか出ていないが、雑誌では続いて短編を書いているし、長編もまたすぐに出そうな気がする。姉は今後、官能作家として生きていけるのかもしれない。俺も喜んであげなければいけないのだろう。

「俊ちゃん、読んでみてどうだった？　妬けた？」

「ど、どういう意味？」

「ふふっ、ママが知らないとでも思ってたの？　あなた、さっちゃんが大好きなんだものね」

「そ、それは……」

「これって母子相姦の話じゃない？　私には、どうしてもさっちゃんと雄ちゃんの話に思えてしまうのよ。親の私が言うのもなんだけど、さっちゃんはとってもセクシーだし、息子の雄ちゃんがそういう気になったとしても責められないでしょう？　俊ちゃんも、さっちゃんが大好きだったわけだし」

母の口ぶりは、まるで俺の姉への気持ちを理解しているかのようだった。少し呆然《ぼうぜん》としている俺に、母はにっこりほほえみかけてくる。

「ちゃんと知ってたわ。俊ちゃんはさっちゃんが大好きで、できればさっちゃんを抱きたいと思ってたこと。あのときだって、さっちゃんのだと思って、ママのパンティーをいじってたんでしょう？」

「ママ、お、俺……」

「いいのよ、全部わかってるんだから。さっちゃん、昔からすてきだったものね。あなたがそういう気持ちになるのも無理ないわ。でもね、さっちゃんはあのころ、もう円山さんと付き合いだしてたし、結婚も時間の問題だってママは思ってたのよ。だから、勘違いしたように見せかけて、ママが俊ちゃんの相手をしてあげることにしたの」

驚きだった。母は俺の姉への気持ちをすべて知った上で、俺に体を開いてくれていたのだ。

「俊ちゃんがかわいそうかなって気はしたけど、さっちゃんを悩ませたくなかったのよ。あの子はやさしいから、俊ちゃんの気持ちを知れば、きっとなんとかしてあげたいって思うじゃない？　そうなると、円山さんが気の毒だし」

「ママ、そこまで考えてくれてたの？」

母はうなずき、コーヒーの残りを飲んだ。カップを置き、あらためて俺のほうを見つめてくる。

「ごめんね、俊ちゃん」

「そんな、とんでもないよ。ママは俺に最高のことをしてくれたじゃないか」

「でも、いまでも好きなんでしょう？　さっちゃんが」

「そ、そりゃあ……」

母はセミロングの髪を、右手で後方へかきあげた。

「ママはとってもうれしかったわ。俊ちゃんはきちんと勉強して、現役で国大に入ってくれたし」

「ママのおかげだよ。俺、性欲に悩まされることなんて一度もなかったから」

「そう言ってもらえると、ママも気が楽になるわ。この二十年、ママ、ほんとに幸せだった。でも、そろそろ俊ちゃんも夢を叶えてもいいころよね」

「夢？」

俺はどきっとした。俺にとって夢といえば、姉を抱くこと以外にない。

母が身を乗り出してくる。

「さっちゃんは円山さんと別れて、必死で雄ちゃんを育ててきたんだと思うわ。養育費なんて、高が知れてるしね。ほんとうに大した母親よ、あの子は」

「ああ、確かに」

姉は法律事務所で働いている。大学に入った当時は自分自身が弁護士になりたいと思っていたらしいが、司法試験の大変さを知ってあきらめたのだと聞いた。それでも法律を学んだ以上、それに関連した仕事をしたかったのだろう。

「ねえ、正直に聞かせて、俊ちゃん。さっちゃんの小説を読んで、妬けたんじゃない？」

「うん、確かに妬けた。実際のところはわからないけど、ママと同じで、俺も姉さんと雄平の話のように思えたから。実際、雄平はたぶん、姉さんのことを女として見てるはずだしね」

母はうなずいた。目に新たな光をたたえて言う。

「告白しちゃいなさいよ、俊ちゃん」

「告白？」

「さっちゃんに言うのよ。好きだ、って」

好き。単純だが、いい言葉だな、と思った。性に目覚めて以来、ずっと姉を抱きたかった俺だが、根本にあるのは、姉が好きだという事実なのだ。初めて姉を女として意識したころには、結婚できるのではないかとまで思っていた。

「あなたには明梨さんがいるし、ずっとさっちゃんと付き合えって言ってるんじゃないわ。さっちゃんだって、これから再婚する可能性もあるわけだし」

確かにそうだ。四十一になっても、姉はあれだけ美しいのだ。再婚話ぐらい、いくらでも来ているに違いない。

「だから、けじめをつけるのよ」

「けじめ？」

「そう、けじめよ。さっちゃんに告白して、たった一度だけさっちゃんを抱くの。一度だけね。べつに嫌いになる必要はないけど、思いを遂《と》げたんだから、あなたはそれでさっちゃんのことはあきらめるの。明梨さんのためにも、それが一番いいと思わない？」

母の言っていることは正しい、と思った。このままでは、俺は一生、きっと姉への気持ちを引きずったまま生きていくことになる。どこかでけじめをつけなければならない。

「わかった。俺、姉さんに告白してみるよ」

「そうと決まれば早いほうがいいわ。いま電話しなさいよ、さっちゃんに」

「いま？　いや、いくらなんでも……」

「駄目よ、俊ちゃん。時間がたつと、また悩んだりすることになるんだから。ちゃんとママがそばで聞いていてあげるわ。さあ、俊ちゃん」

ここまで来たら、母の言うとおりにするしかなさそうだった。俺は席を立ち、スマホを取ってきた。あらためてソファーに腰を沈める。

母も一度立ちあがり、俺の隣に移ってきた。ほんとうにすぐそばで、俺と姉の会話を聞くつもりらしい。

俺は姉にかけた。スピーカーホンにして、スマホをテーブルに置く。これで母にも二人の会話が聞ける。二度のコールで、姉が出た。

――俊？　どうしたの、こんな時間に。

土曜日の午後四時。普段、姉に電話するのは夜が多いから、姉としては不思議だったのだろう。

「ごめん、姉さん。ちょっと話がしたくなって。いま、大丈夫？」

——平気よ。

「あのさ、俺、読んだんだ。姉さんが書いた『禁断と呼ばないで』って本」

——えっ？　あっ、あれは、その……。

堂々と雑誌の懇談などに出てはいたけれど、身内に官能小説の話をされると、さすがに恥ずかしいのかもしれない。姉はしばらく沈黙する。

「面白かったよ、姉さん。すごく興奮したし」

——そ、そう。ならよかったけど……。

「俺さ、前から東山千のファンなんだ」

——ほんとに？　千ちゃんには、私、すごくよくしてもらってるのよ。

千ちゃんという呼び方が、ごく自然に聞こえた。それだけ親しく付き合っているということなのだろう。なんとなく嫉妬を感じてしまう。

「率直に聞くよ、姉さん。あれって、事実なの？　姉さん、雄平と……」

——違うわ。

姉は即答した。ほっとする俺にかまわず、姉は続ける。

──初めて短編を書かせてもらった栗桃書房ってところの編集者さんが、参考になるだろうって言って千ちゃんの本を何冊か渡してくれたの。彼の小説って、相姦ものが多いじゃない？　それを読んでるうちに、これなら私も書けるかもしれないって思ったのよ。

「でも、あそこまで具体的に書けるものなのかな」

──千ちゃんのおかげよ。さっき言った栗桃の編集者さんが、千ちゃんに会わせてくれたの。そこで言われたのよ。私の息子や弟も、絶対に私のことを女として見ているはずだって。そんなはずはないと思ったけど、聞いたとたんに、何かを感じたのね。書けるかもしれない、って。

「事実だよ、姉さん。雄平は姉さんに女を感じてるはずさ。俺も同じだしね」

──えっ、俊も？

姉はほんとうにびっくりしたようだった。母と違って、俺の気持ちなどまったく知らなかったらしい。

「好きだったよ、姉さん。俺、ずっと姉さんが好きだった。いまでも同じだ」

──そんな、俊……。

そのとき俺の体がびくんと震えた。隣に座った母が、なんと俺の股間に触れてきたのだ。姉の声を聞いて硬化しかけていたペニスが、いっぺんに勃起する。

「もう小学生のころからなんだ。俺、姉さんが好きで好きでたまらなかった。ほかの女になんか、ぜんぜん興味も湧かなかったよ」

つのってきた興奮に任せて、俺は一気に喋った。姉はじっと黙っている。

母が目顔で、俺に立つようにうながしてきた。俺が腰を浮かすと、母はさっさとイージーパンツとブリーフをずりさげてしまう。

俺はふたたび腰をおろした。あらわになった肉棒を、母は右手で握る。

「いけないことだって、わかってはいたよ。だから、一生懸命、だれかほかの女を好きになろうとしたんだ。でも、駄目だった。姉さんが三十になっても、四十になっても、俺の気持ちはぜんぜん変わらなかったんだ」

――でも、あなた、明梨さんと結婚したじゃないの。

「みんなに言われたの、覚えてるだろう？　明梨は姉さんと似てるって。体形もそうだし、目もととかもよく似てる。だから俺は明梨を選んだんだ。明梨は国大のサークルの先輩で、遊びに来ていたとき、ハッとしたんだ。ああ、姉さんに似てる、ってね」

姉はまた沈黙した。母は手を動かし始めた。やんわりとではあるが、俺のペニスをしごきたてる。

「俺、決着をつけたいんだ」

——決着？

母はけじめという言葉を使ったが、俺は自分の気持ちを表す単語として決着を選んだ。姉をあきらめるには、とにかく一度、姉を抱くしかない。いまはそういう気持ちになっている。

「欲しいんだ、姉さん。俺、姉さんが欲しい」

——そ、そんなこと言われたって……。

「一度でいいんだ。たった一度、姉さんを抱くことができたら、きっとあきらめがつく。頼むよ、姉さん。今度、俺と……」

母が俺の股間に顔を伏せた。ますますいきり立ってきた肉棒を、すっぽりと口に含む。

ああ、姉さん。もし姉さんにこんなふうにしてもらえたら、それだけで俺はもう死んでもいい……。

半ば本気で、俺はそんなことを考えていた。母のフェラは激しさを増し、俺のペニスは、すでに爆発寸前にまでなっている。

——一度でいいのね？

姉の声を、俺は夢を見ているような気分で聞いていた。姉はどうやらその気になってくれたようなのだ。

「も、もちろんだよ、姉さん。二度目はいらない。たった一回、姉さんを抱くことができたら……」

——いいわ。

「姉さん」

とうとう夢が叶う。二十五年近く、ずっと思い続けてきた姉を、俺はついに抱けるのだ。

——実はね、いま二冊目の本を書いてるんだけど、それが姉と弟の話なのよ。いまいち実感が湧かなくて、ちょっと苦しんでたの。でも、俊の話を聞いて、書けるかな、って気がしてきたわ。

「俺が役に立てるの？」

――ええ、たぶん。ごめんね、俊。あなたの気持ち、ぜんぜんわかってあげられなくて。

「いや、いいよ、そんなこと。夢みたいだよ、姉さん」

――明日、来てくれる？　私のところへ。一日中、いる予定だから、何時でもかまわないわ。

「明日だね？　わかった。必ず行くよ。ありがとう、姉さん」

――ううん、こちらこそ。じゃあ、明日ね。

電話は切れた。肉棒を解放して顔をあげた母が、にっこりほほえむ。

「よかったわね、俊ちゃん」

「うん。ママのおかげだね」

「さっちゃんだって、きっと俊ちゃんのことが大好きだったのよ。気づいてなかっただけでね」

「ああ、ママ」

俺はもう我慢の限界だった。ソファーに母を押し倒し、淫裂にペニスを突き立てた。

翌日は、ほんとうに夢のような一日だった。マンションを訪れると、姉は俺が前もって電話で頼んでおいたとおり、赤いミニスカート姿で待っていてくれた。下にベージュ系のパンストをはいている。

リビングに通されるなり抱き合い、俺たちは唇を重ねた。姉も積極的に俺と舌をからめ合ってくれた。この段階で、俺の股間のイチモツは破裂せんばかりの状態になっている。

唇を離すと、そのまま俺は床にしゃがみ込んだ。目の前に姉の脚があるという現実が、信じられなかった。

「さわってもいい？　姉さんの脚に」

「もちろんよ。俊の好きにして」

「ああ、姉さん」

俺はミニスカートの裾から露出した姉のふとももに抱きついた。向こうにまわした両手で、パンストに包まれたふとももを乱暴に撫でまわす。

姉は右手をおろし、俺の頭をそっと撫でてくれた。

「私の脚、好き？」

「うん、大好きだよ。ずっと夢に見てたんだ。こうやってさわること」

「ストッキングなんか、はいてないほうがよかったんじゃないの？」

姉の問いかけに、俺は首を横に振った。

「自分の手で脱がせたかったんだ。姉さんのパンストを脱がすところ、いつも想像してたから。最高に興奮するだろうな、って」

「じゃあ脱がせて」

俺は両手を、姉のウエストまで差し入れた。パンストの縁に指をかけ、そろそろと引きおろしていく。指先にふとももの地肌が触れてきただけで、俺はカッと体が熱くなった。いまにも鼻血が噴き出してきそうな気配がある。

あらわになった姉のふとももは、まるで雪のように白かった。足首からパンストをはずし、俺はあらためて、夢にまで見たふとももに抱きついた。すべすべの肌、豊かな弾力が、俺を圧倒する。

「ああ、姉さん。最高だよ、姉さんのふともも。俺、ほんとにさわってるんだね、姉さんのふとももに」

「そうよ、俊。私のふともも、きょうだけはあなたのもの。あなたの好きにしていいのよ」

股間のイチモツは、これ以上は無理というくらい硬くなっていた。痛みを感じるし、早くズボンを脱いで解放してやりたいところだが、姉のふとももから手を放すのは、あまりにももったいない気がした。大きな円を描くように、俺は両手で姉のふとももを撫で続ける。

「ほんとに好きでいてくれたのね、私のふともも」

「小学校のころから、ずっと大好きだったよ。もちろん、ふとももだけじゃないよ。でも、姉さん、いつもミニスカートをはいて、俺にこのふとももを見せてくれてたから」

「ごめんね、俊。私、あなたの気持ちにぜんぜん気づかなくて」

下半身を俺にゆだねたまま、姉は着ていたTシャツを脱ぎ捨てた。下から現れたのは、淡いピンクのキャミソールだった。ブラジャーはしておらず、薄い生地から乳房のふくらみが透けて見えている。

「ねえ、俊。今度は私の番。見せてくれない？　あなたのオチン×ン」

姉の言葉も、きょうはひどく刺激的だった。

俺が立ちあがると、交代に床にひざまずいた姉は、躊躇なくベルトをゆるめ、ズボンを引きおろした。ブリーフがテントを張った状態で姿を現す。

「すごいのね、俊。もうこんなに……」

そそり立った肉棒に、ブリーフ越しに姉は頬ずりをしてくれた。それだけで、俺は早くも射精感に襲われる。

「た、たまらないよ、姉さん」

「ごめんなさい。ちょっと感激しちゃったの。私のこと考えて、俊がこんなふうにオチン×ンを硬くしてくれたんだと思ったら」

姉はブリーフもずりさげた。あらわになったペニスは完全硬直し、下腹部にぴたっと貼りついていた。姉はほっそりした右手の指先で肉棒を握り、先端を自分のほうへ向け直した。俺を魅了《みりょう》してやむことのなかった肉厚の唇を開き、迷うことなく肉棒を口に含む。

「うわっ、ああ、姉さん」

それは快感などという、生やさしいものではなかった。姉が俺のペニスをくわえてくれている。肉棒を暴発させてしまいそうなほどの光景なのに、そこに物理的な刺激も加わっているのだ。欲望のエキスが、出口に向かって押し寄せてくる実感がある。

姉が首を前後に振り始めると、俺はあわてて上半身に着ていたものを脱ぎ捨てた。だが、間に合わなかった。間もなく肉棒が、射精の脈動を開始する。

「ああっ、姉さん」

姉は動きを止め、噴出する精液をしっかりと受け止めてくれた。七回、八回と脈動を続け、ようやくペニスはおとなしくなる。

最後の一滴まで吸い込もうとするかのように、姉は唇をすぼめたようだった。間もなくペニスを解放し、口腔内に残った精液を飲みくだす。

姉は俺の足首からイージーパンツとブリーフを取り去った。そのうえで立ちあがり、ミニスカートを脱いだ。残されているのはキャミソールとパンティーだけということになる。

「姉さん、き、きれいだ」

そう言わずにはいられなかった。俺にとって姉は世界一美しく、そして世界一セクシーな女性だった。白濁液をたっぷり放出したというのに、俺のペニスが硬さを失う気配はない。

「さあ、こっちよ、俊」

姉は俺の手を取り、寝室へと導いてくれた。そこにはダブルベッドがあった。離婚の際、元夫はこのマンションを姉に残してくれたらしい。パートナーのいなくなったダブルベッドに、姉はずっと一人で眠ってきたのだろう。

俺の手を放すと、姉はするするとパンティーを脱ぎ捨てた。キャミソール一枚だけの姿で、ベッドにあお向けに横たわる。

「来て、俊」

俺もベッドにあがった。姉にも感じてほしかったし、口唇愛撫を試みようとしたのだが、姉がそれを許してくれなかった。

「欲しいのよ、俊。いますぐあなたが欲しい」

「姉さん」

姉と唇を合わせ、右手でキャミソール越しに乳房を揉みながら、俺は体を重ねていった。姉は右手をおろしてきて、しっかりと俺のペニスを握ってくれる。

「ここよ、俊。入ってきて」

言われるままに、俺は腰を進めた。肉棒が、するっと姉の肉洞に飲み込まれた。俺はまた、別世界のような快感に包まれる。

とうとうやった。俺は姉の中に入ったのだ。ついに夢が叶ったのだ。こんな日が来ることを、どれほど待ち望んでいたことだろう。

「すごいよ、姉さん。俺、姉さんの中にいるんだね」

「そうよ、俊。あなたはいま私を独占してるの」

独占。耳に心地よい言葉だった。信心《しんじん》などいっさいしない俺なのに、この瞬間の幸運を、俺は神に感謝した。おもむろに腰を使い始める。

姉は両手を俺の背中にまわし、まっすぐに俺を見つめてくれた。その美しさに、あらためて陶然となる。

「好きよ、俊」

「俺もだよ。俺も姉さんが好きだ」

「ああ、俊。いいのよ。出して。私の中に、俊のあれをいっぱい出して」

それからはもう夢中だった。激しく腰を振り、俺は果てた。先ほど出したばかりだというのに、ペニスはまた七、八回も脈動した。

肉棒の動きが止まったところで、俺は姉に体を預けた。快感の余韻にひたる。

「夢が叶ったよ、姉さん。ありがとう」

「こちらこそ。すてきだったわ、俊」

俺たちは、あらためて唇を合わせた。

「決着なんか、つけなくてもいいわよ、俊」

射精から十分ほどたったころ、姉がぽつりと言った。

俺たちはベッドに並んで横たわり、手をつなぎ合っている。

「どういうこと？」

「これで終わりになんかしなくてもいいって言ってるのよ」

「姉さん、そ、それじゃ、これからも俺と？」

やや紅潮した顔で、姉はこっくりとうなずいた。

「私にとって、俊も大切な男性だってこと、よくわかったわ。だから、もっと愛して、私を」

「ああ、姉さん」

俺は姉に抱きつき、思いきり唇を吸った。俊も、と姉は言った。おそらく姉の心の中には、一人息子である雄平の顔が浮かんでいるのだろう。姉はいずれ雄平にも抱かれることのなるのかもしれない。

それでもいい、と俺は思った。もう嫉妬は感じなかった。独占はできないだろうが、今後も俺は姉を愛していけるのだ。十分だろう。

「好きだよ、姉さん」

唇を離すと、俺は心の底からの気持ちを言葉に出した。

第七章　いいのよ、雄ちゃん、出して

平木慎一からの電話は、金曜日の夕方にかかってきた。ぼくは学校から、ちょうど部屋に帰ってきたところだった。

――どうしても雄平に報告したいことがあってさ。

慎一はそう切りだしてきた。慎一とは、中学校で一緒になって以来の付き合いだ。高校は別になったが、しょっちゅうお互いの家を往き来していた。三月の終わりにぼくが北海道へ来てしまったから、もう半年以上も会っていない。

「どうしたんだい、慎ちゃん」

――とうとう夢が叶ったんだ。

「夢？　慎ちゃんの夢っていったら……」

慎一とぼくには共通点がある。二人とも、母親が若く見え、そして美しいのだ。絶対に駄目とわかっていても、ぼくは母を女として好きにならずにいられなかったし、慎一も同じだった。

母親とセックスなんてできるわけがない、とぼくは最初からあきらめていたのだが、慎一はなかなか吹っ切れずにいたようだった。その慎一の夢といえば、母である友梨香とのセックス以外に考えられない。

――そうだよ、雄平。初体験できたんだ。おふくろとな。

「ほんとに？　慎ちゃん、ほんとにおばさんと？」

――ああ、嘘じゃない。でもな、これって、すべておまえのお母さんのおかげなんだ。

「ママのおかげ？」

わけがわからなかった。慎一の初体験に、ぼくの母の幸子がからんでいるというのだろうか。

――もう三カ月も前になるんだけど、官能小説を買って読んだんだ。おまえに話すべきかどうか悩んでたんだけど、いまだからちゃんと言うよ。『禁断と呼ばないで』って本で、著者は亀井まどかっていう女流作家だ。

ぼくはどきっとした。亀井は母の旧姓だ。いまの苗字は円山で、円山の円という字は「まどか」と読めないこともない。

――名前を聞いただけでわかっただろう？　これを書いたの、実はおばさんなんだ。

「そんな。まさかママが官能小説だなんて……」

――俺だって最初は信じられなかったさ。でも、ひと月前に出た『ダルセーニョ』って雑誌の官能懇談ってコーナーに、その亀井まどかが写真付きで出てたんだ。間違いなくおばさんだったよ。

胸の鼓動が速さを増すのが、はっきりとわかった。

――懇談の中心は東山千っていう官能作家で、近親相姦のことなんかも、いろいろ話してるんだ。

東山千なら、ぼくも知っている。ファンと言ってもいい。母子相姦を題材にした小説を、もう何冊も読んでいる。

――おばさんが出した『禁断と呼ばないで』って本もさ、内容は母子相姦なんだよ。

「ママが、ぼ、母子相姦の本を書いたってこと？」

――ああ、そうだよ。あれを読んだら、おばさんと雄平がそういう関係なんじゃないかって、普通なら疑ってしまうだろうな。俺は雄平のことをよく知ってるから、おばさんは想像だけで書いたんだろうってわかったけど。

さすがにショックだった。母が母子相姦の小説を書いたというのだから。だが、同時に不思議な感情も湧いてきていた。そういう小説を書くぐらいなら、母がぼくの気持ちを理解してくれるのではないか。そんな気がしたのだ。

――俺、作戦を考えたんだ。

「作戦？」

――おばさんに、小説の内容は事実だって、うちのおふくろに話してもらおうと思ったんだ。おばさんと雄平が男女関係になってるんなら、自分たちがそうなってもおかしくないって、うちのおふくろが考えるかもしれないだろう？

なるほど、言われてみればそのとおりだ。

「実行したのかい？　その作戦」

――いや、作戦変更になった。おまえの家まで相談に行ったんだけど、おばさんに言われたんだ。嘘をついても、おふくろに見破られるだろうって。

「確かにそうかもしれないね」

――おばさん、正直に話すって言ってくれたんだ。まだ実際にしてはいないけど、心の底では雄平に抱かれたいし、その思いを小説にした、ってな。

「ちょ、ちょっと待てよ、慎ちゃん。うちのママ、そんなこと言ったの？」

――ああ、確かに言った。事実なんだよ、雄平。おばさん、おまえに抱かれてもいいと思ってるんだ。

話を聞いただけで、ぼくは股間がうずいた。手を触れてもいないペニスが、どんどん硬くなってくる。

――おばさんの話を聞いて、おふくろ、その気になってはくれたみたいだ。でも、おふくろによれば、最後に決定的なひと言があったんだそうだ。

「決定的なひと言？」

――おばさん、うちのおふくろに言ってくれたんだ。もしあなたがしないのなら、私が慎一くんの童貞を奪う、ってな。

「ママが、慎ちゃんの童貞を？」

ぼくは焦った。自分の母親である友梨香に欲望を燃やしているとはいっても、慎一だって間違いなくぼくの母にあこがれを抱いているはずなのだ。

——心配するなよ、雄平。おばさん、おふくろをその気にさせようと思って、そんなふうに言ってくれただけなんだから。

わかってはいても、やはり心配だった。母を抱きたいと思わない男なんて、たぶんこの世に一人もいないだろう。母がその気になってくれるのなら、だれだって母が欲しいに決まっている。

——おばさんと話してから一週間後、とうとうおふくろがやらせてくれたんだ。感激だったよ。おふくろの中に出したときは。

「よ、よかったな、慎ちゃん」

——うん。ほんとに最高の初体験ができたよ、俺。だから、次は雄平の番だと思ってさ。

「ぼくの番？」

——おばさんの気持ちがわかったんだから、堂々とぶつかってみればいいじゃないか。初体験、まだ済ませてないんだろう？

「そ、そりゃあ……」

北大を志望校にした、一番の原因は母だ。このまま母のそばにいたら、どんどんたまらない気持ちになってしまうだろうと思い、国立の中では最も遠いうちの一つである北大を選んだのだ。高二までは第一志望を横浜国大にしていたから、北大へ行くと言って担任教師を驚かせた覚えがある。

だが、離れて暮らしてみて、自分にとって母という存在の大きさがよくわかった。長い間、顔も見ていないのに、母への思いはまったく変わらないのだ。ゼミの合宿とか理由をつけて、夏休みも横浜へは帰らずにいたのだが、気持ちはつのるばかりだった。大学で出会った女の子なんかには興味さえ湧かないし、相変わらず母のことを想像しながらオナニーを続けている。

——なあ、トライしてみろよ、雄平。絶対にうまくいくはずだから。

「そ、そうかな」

——大丈夫、俺が保証するよ。おばさん、はっきり言ったんだぜ。あの小説は、雄ちゃんと私のことを想像しながら書いた、って。

それが事実なら、母はぼくを受け入れてくれるのかもしれない。だが、まだ確証は得られなかった。

「まず読んでみるよ、ママが書いた小説を」

――そうだな。そっちでも買えるだろうし、それが一番いい。主人公の母親は咲子、息子は幸平っていうんだけど、俺は完全におばさんと雄平をキャスティングして読んだよ。完璧に想像できたぜ、二人が抱き合うシーンを。

「読んだら電話する」

――ああ、待ってる。あと、雑誌の『ダルセーニョ』は先月発売号でもう売ってないだろうから、俺が送ってやるよ。これも読んだほうがいい。

「ありがとう。よろしく頼む」

電話を切るとさっそく本屋へ行き、亀井まどかの『禁断と呼ばないで』を買ってきた。ガーターベルトを身にまとった熟女が表紙になっていた。このイラストも、しっかりと母を連想させてくれる。

ページを開いてみると……。

物語は女性の一人称で書かれていた。最初のシーンは、母が息子の部屋に入っていくところだった。息子はオナニーの真っ最中で、その手にはなんと自分のパンティーが握られている。

ぼくも慎一と同様、この少年に自分の姿を重ねることができた。母のパンティーは、ぼくにとってオナニーの必須アイテムだった。洗濯したあとのものでもいいのだが、最高なのは脱ぎたてのほかほかパンティーだ。

夜、母が風呂に入ったあとで洗濯機をのぞけば、つい先ほどまで母がはいていたパンティーが必ず残されている。それを自分の部屋に持ち帰ってたっぷり匂いを嗅ぎ、ペニスをこすったあとには、噴出した精液をそのパンティーで受け止めるのだ。

性に目覚めてから大学に入って家を出てくるまで、何度、これを繰り返したことだろう。まるでそんなぼくの姿を見ていたかのように、小説は展開していく。母を思ってペニスを握り、「ママ」と叫んで射精する。ここまではぼくがやっていたことそのままだ。

そこへ突然、母が現れる。ここだけは事実と違う。

「まあ、幸ちゃんったら、何してるの？　それ、もしかしてママのパンティーなんじゃないの？」

母はとまどい、息子に問いかける。

パニックに陥《おちい》りながら、息子は必死で謝る。

「ごめん、ママ。ぼく、我慢できなくて」

もしパンティーを手にオナニーしているところを母に見つかったら、ぼくもこんなふうに謝るのかもしれない。あるいは、母に見られたというショックが大きすぎて、何も言えなくなるだろうか。

精液を浴びたパンティーを息子の手から奪い取り、母は自分の寝室に戻る。最初に感じたのは驚きと怒りだったはずなのだが、あらためて白濁液に犯されたパンティーを見ているうちに、母は体のうずきを覚える。

どういうことなの、幸ちゃん。ママを抱きたいってこと？　駄目よ。あなたと私は親子じゃないの……。

そんなことを考えているうちに母親はたまらなくなり、とうとう自分の秘部に指を這わせてしまう。そして、オナニーの途中からは、息子に抱かれる自分の姿を想像し、肉洞の奥で息子の精液を受け止めるシーンを思い浮かべながら絶頂に到達する。

この日から、母と息子がお互いを異性として意識しながらの生活が始まる。母は息子に何か言ってやりたいと思うのだが、適切な言葉が浮かんでこない。

息子は息子で、母にオナニーを目撃されたショックが大きく、おずおずと大好きな母を眺めるしかなかった。当然、もう洗濯機からパンティーを持ち出すこともできない。

ここから母がいろいろな人々に相談する場面が展開する。一番印象的だったのは、母の女子大時代の先輩の話だった。息子が自分のパンティーに射精したと打ち明けると、先輩は笑いながら言うのだ。

「健康な男の子なら、そんなの当たり前の話よ。うちの子も一緒よ。普通に育ってきたら、女の下着が気にならないほうがおかしいわ。何度もパンティーを汚されたわ」

そして先輩は、息子の初体験相手になってやったことを告白する。

「あの子も大学受験だったし、ちょうどよかったんじゃないかしら。性欲なんかに悩まされていたら、勉強に差し支えるものね」

その後、どうしたかを尋ねる母に、先輩はまた笑いながら告白する。

「当然、いまだってときどき抱かれてるわよ。旦那はもう私のことなんかぜんぜん相手にしてくれないし、私にとっても息子の存在はありがたいわ。このごろは、ちゃんといかせてくれるのよ、あの子」

女性がいく、絶頂に達するという感覚が、ぼくにはまだわからない。だが、まだ見たこともないのに、母が感じて悩ましい表情をしているところは容易に想像できた。オナニーで射精する際には、母のそんな顔が頭に浮かんでくる。

この小説では、息子が母に思いを告白する。

「ママ、ぼく、ほかの女じゃ駄目なんだ。ママ以外の女の人のことなんて、考えたこともないよ」

「幸ちゃんったら、そんなにママのことを？」

うなずく息子を抱きしめ、ついに母は息子の童貞を奪う。そこから二人にとっては夢のような日々が続き、物語はハッピーエンドとなる。

結局、終わりまで読んでしまったのだが、読んでいる間に二度、ぼくは射精している。主人公の姿を実の母の幸子に重ね、途中でどうしても我慢できなくなり、ペニスを握ったのだ。

深夜になって、ぼくは慎一に電話した。慎一も、ぼくからかかってくるのを、いまかいまかと待ち受けていたようだった。

——どうだった？　最高に興奮しただろう？

「うん、確かに。読み終わったいまでも信じられないよ。ママがこの小説を書いたなんて」

——事実なんだよ、雄平。おばさんが書いたんだ。おまえと自分が結ばれることを想像しながらな。

母がぼくと結ばれることを想像しながら書いた？　もしそうだとすると、物語のように、ぼくが母に告白することで、母は心と体を開いてくれることになるのだろうか。

まだ夢のような話で、なかなか現実感が湧いてこない。

——俺、明日、おばさんに報告しに行こうと思ってるんだ。

「報告？」

――おばさんのおかげで、おふくろと経験できたんだ。お礼ぐらい、ちゃんと言っておかないとな。

「お礼か。うん、まあ……」

ぼくは少し心配になった。母は親身になって、慎一の相談に乗ってやったのだろう。そして慎一は、母のことを間違いなくいい女だと思っている。二人の間に間違いが起こらないとは限らない。

――ははあ、わかったぞ、雄平。おまえ、妬いてるんだろう。

「えっ、なんで？　なんでぼくが妬くのさ」

――隠すなよ。俺はもちろんそんなつもりはないけど、おばさんのところへ俺みたいな若い男が行くのが心配なんだろう？

「う、うん、ちょっとだけ」

――その話、おばさんにしておいてやるよ。俺がおばさんに会いに行くって言っただけで、雄平はヤキモチを焼いてましたよ、ってな。

十分ほど話して、電話を終えた。なんと言ったらいいのだろう。ぼくはもう欲望の塊みたいな状態になっていた。母への思いを断ち切るために北海道という土地を選んだというのに、いまは横浜にいたとき以上に母への思いが強くなっている。

結局、ママが小説で書いていたみたいに、ぼくが正面からぶつかっていくしかないのかな……。

そんなふうに考えてため息をついたとき、電話が震えた。何か言い忘れたことがあって、慎一がかけてきたのかと思ったのだが、違った。画面には懐かしい名前が出ている。

「先生、お久しぶりです」

――突然、遅くにごめんね。ちょっと雄平くんのことが気になって……。

かけてきたのは一条令佳《いちじょうれいか》。高校の二、三年で英語を教わった教師だ。実は彼女には、母への気持ちを話している。令佳に相談した結果、離れて暮らしてみたらどうかと提案され、ぼくは北大を選んだのだ。

令佳は今年四十一歳、母と同い年だ。英語教師としては優秀で、どんな質問にも丁寧に答えてくれた。分詞構文のことか何かを聞きに行っていたときに、なぜか母の話になり、ぼくは悩みを打ち明けたのだ。

「あのときはいろいろ相談に乗ってくださって、ありがとうございました」

――ううん、ぜんぜん。私があなたに北海道へ行けって言っちゃったみたいで、よかったのかどうか、いまでもけっこう悩んでるわ。

「いや、最終的にはぼくが決めたことですから、先生が悩まれることはありませんよ」

――そう？　ならいいんだけど……。

少し沈黙が流れたあと、あらためて令佳が言う。

――実はね、ある雑誌を読んだのよ。『ダルセーニョ』っていう月刊誌。

ぼくはどきっとした。『ダルセーニョ』の先月発売号で、母は官能作家の東山千たちと懇談をやっているのだ。令佳はそれを読んだのだろうか。

――亀井まどかって女流作家がいるんだけど、プロフィールを読んだら、本名が円山幸子になってるじゃない？　これって、あなたのお母さんよね。

やはりそうだった。母が官能小説を書いていることを、令佳に知られてしまったのだ。べつに言いわけをするようなことではないが、どう説明したらいいのかがわからない。

「亀井まどかは、ぼ、ぼくの母です」

──やっぱり。びっくりしたわ、おきれいな方で。ああ、この方がお母さんじゃ、雄平くんがそういう気持ちになるのもしょうがないかなって、ちょっと納得しちゃったの。

「はあ……」

母が女として気になって仕方がない。ぼくは令佳に、そんなふうに話したんだと思う。令佳にはぼくより二つ下、いま高二になっているはずの息子がいる。そのせいもあって、親身になって考えてくれたのだろう。

──気になったから、買ってみたのよ。お母さんが書かれた本。

「ほんとに？　先生、か、官能小説を買われたんですか」

──ちょっと恥ずかしかったけど、なんとか買えたわ。文章、おじょうずなのね。いっぺんに読んでしまったわ。とっても激しくて、驚いちゃったけど。

「す、すみません」

──ああん、何謝ってるの？　私、感心してるのよ。あなたへの思いを、あそこまではっきり書かれるなんてね。

「えっ？　ぼ、ぼくへの思いって……」

――間違いないわ、雄平くん。お母さん、あなたに抱かれたがってる。慎一以外にも、同じことを言う人が出てきた。まるで慎一と令佳から、背中を押されているような気分になる。

――去年、あなたに相談されたときは迷ったわ。でも、いまははっきり言える。いいんじゃないかしら、そういう親子がいても。

「先生、ほ、本気で言ってます？」

――もちろん本気よ。あなたのお母さんの本を読んだおかげで、私も息子への考え方を新たにしたの。

「息子さん、確か高二ですよね」

――そうよ。実はね、あの子も私を熱い目で見てることがあるの。

「ほんとに？」

ぼくの目から見て、母ほどではないにしろ、令佳も確かに美しい女性だ。実年齢よりだいぶ若く、たぶん三十三、四には見えるだろう。スレンダーだからぼくのタイプではないが、モデルのような体形と言ってもいい。クラスメートの中には、令佳にあこがれている男も何人かいた。

——あなたに相談されたときは話さなかったけど、うちの子、お母さんの小説の中の子と同じことをするのよ。

「小説と同じって、つ、つまり……」

——ときどき私のパンティーを汚すの。自分が出した白いやつでね。

「ああ、先生」

ぼくは一気に欲情してきた。もう間違いない。令佳の息子は、彼女のことを一人の女として意識しているのだ。

「先生、考えを新たにしたって言いましたよね。それって……」

——あなたに相談されたときもそうだったけど、これまでは母と子が抱き合うなんて、絶対にいけないことだと思ってたわ。だから、あなたにもお母さんから離れてみろって勧めたの。でも、そうじゃないのよ、雄平くん。息子が本気で求めてきたら、母親はそれにこたえてあげてもいいんじゃないかしら。

ぼくの脳裏に、はっきりと母の顔が浮かんだ。スエットパンツの前がふくらんでくる。

──きょうはね、それが言いたくて電話したの。あんな小説を書くんだもの。お母さん、絶対にあなたに抱かれたがってるわ。

「そうでしょうか」

──間違いないわよ。小説の中に、息子がお母さんに告白するところがあるじゃない？　ぼくはママじゃなきゃ駄目なんだ、って。

「え、ええ」

──お母さん、あなたの告白を待ってるんじゃないのかな。

母がぼくの告白を待っている？　もしそうだとしたら、ぼくとしてもここは勇気を出すしかない。

──ごめんなさい、勝手にお喋りして。でも、そういうことよ、雄平くん。お母さんにぶつかってごらんなさい。きっと夢は叶うから。

「わかりました、先生。ありがとうございました」

──ううん、こちらこそ。あなたのお母さんには、ほんとにお礼を言いたいくらいの気分よ。遅くにごめんなさい。じゃあね。

電話は切れたが、ぼくの股間はふくらんだままだった。このままではとても眠ることなどできはしない。ぼくはクローゼットの中の下着箱からあるものを取り出した。家から一枚だけ持ち出してきた、母のパンティーだ。色は薄いピンク。極薄の生地でできている。

スエットパンツとトランクスを脱ぎ捨ててベッドにあがると、左手でパンティーを顔に押し当てながら、ぼくは右手でペニスを握った。

「ああ、ママ。好きだよ、ママ」

射精は、あっという間に襲ってきそうだった。

雑誌『ダルセーニョ』の先月発売号は、日曜日の午前中に届いた。慎一が即、宅配便で送ってくれたのだ。

写っている母は美しかった。懇談した四人全員の写真を見ると、母は超がつくほどのミニスカートをはいていた。編集部としても、母の魅惑的なふとももを読者に見せたかったのかもしれない。

東山千にひとまわり年上の姉がいて、彼女へのあこがれが彼に官能小説を書かせている、という話は興味深かった。姉とは決して結ばれることはないが、自分は小説で夢を叶えている、という彼の言葉が胸に響いた。

母が書いた『禁断と呼ばないで』は、確かにぼくの夢を叶えてくれた。だが、状況がここまで来ると、ぼくは東山のように、現実には無理、とは思いたくなかった。なんとか母と夢を果たしたいという気持ちになっている。

きょうは朝からすでに二度、オナニーをしている。小説のストーリーをそのまま自分と母に当てはめて思い浮かべ、最高の興奮を味わったのだ。

小説で母が書いているとおり、やはりぼくのほうから告白すべきなんだろうな、と思った。そして、そうできるだけの自信はあった。慎一が嘘をつくはずはないし、母は間違いなく、ぼくに抱かれる準備ができているのだから。

そんなことを考えながらすごしていた午後三時、部屋のチャイムが鳴った。ここを訪ねてくる友人などはいないから、たぶんまた宅配か何かだろう。オートロックにはなっていないので、業者はすでに玄関の前まで来ているはずだ。

ぼくはあわてて立ちあがり、ドアロックを解除した。扉を開ける。

その瞬間、あまりの驚きに体が硬直した。

「ママ、ど、どうして……」

そこには間違いなく、母の幸子が立っていた。

「来ちゃった。入れて、雄ちゃん」

「あ、ああ」

母は玄関に入り、靴を脱いであがった。ワンルームマンションだから、そこはもうすでに部屋だ。

母は着ていたコートを脱ぎ捨てた。下から現れたのは、超ミニのワンピースだった。ベージュのパンストに包まれてはいるものの、量感たっぷりのふともが、ほとんど剥き出しになっている。

圧倒されながら見つめているぼくに近づいてくるなり、母はぼくの体をぎゅっと抱きしめた。

「ママ、そ、そんな、うぐぐ……」

ぼくの唇に、母は自分の唇を押しつけてきた。驚いたことに、母はぼくの歯を割って口腔内に舌を突き入れてくる。ぼくもなんとか応じた。ぴちゃぴちゃと音をさせて舌をからめ合う。

あまりにも唐突な出来事だったが、ぼくはもちろん最高の幸せを味わっていた。股間には急激に血液が集まってきて、すでにペニスを勃起させている。

長いくちづけを終えて唇を離すと、母はそのまま床にひざまずいた。スエットパンツとその下にあるトランクスを一緒にして、あっという間に足首まで引きおろす。

あらわになった肉棒は予想どおり、すっかりいきり立っていた。ぱんぱんに張り詰めた亀頭は、ほとんど下腹部に貼りついている。

「すごいわ、雄ちゃん。もうこんなに」

母が書いた小説を読んでいたし、母の次の行動が予測できなかったわけではない。だが、実際に経験してみると、やはり衝撃は大きかった。母は右手でペニスの根元を支えると、肉厚の唇を開け、そのまま肉棒全体をすっぽりと口にくわえ込んだのだ。

「ああっ、ママ」

二度のオナニーをしていなかったら、たぶんこれだけで快感の極みに到達してしまっていただろう。暴発は免れたが、その心地よさはすさまじいほどだった。

母が首を振り始めると、ぼくの全身がぶるぶると震えた。

「た、たまんないよ、ママ」

母はかなり激しくペニスを刺激してきたが、ぼくはなんとか耐えた。やがて口を離した母が、くすっと笑って言う。

「こんなオチン×ン見せられたら、ママのほうがたまらなくなっちゃうわ」

立ちあがった母は、ぼくにくるっと背を向けた。

「ジッパーをお願い」

「えっ？　あ、ああ」

ぼくは金具をつまみ、ジッパーを一番下まで引きさげた。母はくるっと振り向き、両手でワンピースの肩の部分をつまむと、そのまますると脱ぎ捨てた。あらわになった肉体に、ぼくは陶然となる。

「ママ、す、すごい」

母は普段からブラジャーをしない。ピンクのキャミソールの薄い生地を通して、乳房のふくらみが透けて見えている。

「あとは自分で脱いじゃいなさい」

ぼくに命じておいて、母はするするとパンストを脱ぎ捨てた。ぼくを魅了してやむことのなかった白いふとももが、一気にあらわになる。

ぼくが足首からスエットパンツとトランクスを取り去り、上に着ていたトレーナーを脱ぎ捨てたころには、母はもうベッドにあがっていた。膝を立て、ベッドからお尻を浮かすようにして、パンティーもおろしてしまう。

「何してるの、雄ちゃん。早くいらっしゃい」

「う、うん」

裸になったぼくは、言われたとおりベッドにあがったものの、自分からはどうしていいのかもわからなかった。

「普通に重なってくればいいのよ。ほら、ママの脚の間に入って」

母の指示に従って、ぼくは母が広げた脚の間で膝立ちになった。キャミソールを着ているとはいえ、乳房のふくらみが目の前に迫ってくるようで、胸が苦しくなるほどの興奮を覚えた。

「さあ、ベッドに両手をついて、ママに重なるのよ」

言いながら、母は右手を下腹部におろしてきた。いきり立ったままのぼくのペニスを、やんわりと握る。

「うっ、ううっ、ママ」

「ごめんね、雄ちゃん。あなたの気持ち、ぜんぜん知らなかった。でも、もういいのよ。ママね、思ったとおりにすることにしたの。だから、大好きな雄ちゃんとは、こうやって抱き合えるのよ」

母は右手をゆるゆると動かし、亀頭の先を秘部にあてがったようだった。

「ママ、ぼ、ぼく……」

「大丈夫よ、雄ちゃん。そのまま入ってらっしゃい。さあ、来て」

言われるままに、ぼくは腰を進めた。まず亀頭が淫裂を割り、続いて肉棒全体が、ずぶずぶと母の肉洞に飲み込まれる。

「うわっ、ああ、ママ」

フェラチオもすばらしかったが、この快感も、とても言葉では言い表せそうもないほどのものだった。天にも昇る気持ち、といったところだろうか。

「入ったのよ、雄ちゃん。あなたのオチン×ンが、とうとうママのオマ×コに入ったの」

「ママの、オ、オマ×コに?」

母が使う卑猥な四文字言葉が、ぼくをさらに欲情させた。ほとんど本能のままに、ぼくは腰を振り始めた。肉棒が、母の肉洞内を往復する。

「ああ、雄ちゃん。好きよ、雄ちゃん」

母は両脚をはねあげ、左右のふともでぼくの腰のあたりを挟みつけてきた。これがまたすさまじいまでの快感を呼ぶ。

腰の動きを止めないまま、ぼくは右手をおろし、外側から母のふとももに触れた。すべすべの肌と豊かな弾力。最高の手ざわりだった。自然に腰の動きが速まる。

「ママ、ぼく、もう……」

「いいのよ、雄ちゃん、出して。ママのオマ×コに、雄ちゃんの白いの、いっぱい出して」

「ママ、ママ、ああっ」

ついにペニスが射精の脈動を開始した。ぼくの熱い思いのこもった欲望のエキスが、母の体内に猛然とほとばしっていく。

ちょうど十回震えて、肉棒はおとなしくなった。ぼくは母に上体を預《あず》け、耳もとに口を寄せる。

「好きだよ、ママ。ぼく、ママが一番好きだ」

「ああ、雄ちゃん」

背中にまわした両手で、母はぎゅっとぼくを抱きしめてくれた。


「ありがとう、ママ。夢が叶ったよ」

射精から十分ほどたったころ、ぼくは自分の気持ちを素直に言葉にした。ぼくたちは手をつなぎ、狭いシングルベッドに並んで横たわっている。

「夢か。そうよね。雄ちゃんはずっとママを抱くことを夢に見ていてくれたのよね」

「ほかの女じゃ駄目なんだ。ママの小説に書いてあったとおりだよ」

母はくすっと笑い、ぼくの手を握った手に力をこめた。ぼくもぎゅっと握り返す。

「びっくりさせちゃったわね、官能小説なんか書いて」

「慎ちゃんに聞いたとき、最初は信じられなかったよ。でも、すぐに買って読んでみて、すごく感動したんだ。ママがほんとうに、ぼくのことをこんなふうに思っていてくれたらいいな、って」

「嘘は書いてないわ。でも、こういう気持ちになるまでには、ちょっと時間がかかったの。その話、聞いてくれる？」

「もちろん」

母は一つ、深いため息をついた。何かを思い出そうとするかのように、中空を見つめながら話しだす。

「きっかけは東山千さんに会ったことだったわ」

「東山千は、ぼくも好きだよ。もう何冊も読んでる」

母はうなずき、続ける。

「初めて会って自己紹介したとき、私には大学生になった息子と、四つ年下の弟がいるって話をしたの。そうしたら千さんが、さっそく言ったのよ。息子さんも弟さんも、絶対にきみを女として見ている、ってね」

「弟って、俊叔父《おじ》さんのことだよね」

「ええ、そうよ」

母の弟である俊は、ずっとぼくをかわいがってくれている。小遣《こづか》いもくれるし、理想の叔父だ。だが、彼が母を見つめる目の熱さには、ぼくも前から気づいていた。身近にいた美しい姉に、彼は幼いころからあこがれていたのだろう。

「最初、ママはそんなこと信じられなかった。雄ちゃんも俊も大好きだけど、私はあなたたちを男として見たことなんて一度もなかったから」

「ぼくは小学校の終わりごろから、ずっとママを女として見てたよ」

「千さんに言われて思い出したのよ。あなたがママのパンティーに射精したことがあったな、って。単に女性の下着に興味が湧いただけなんだろうと思ってたんだけど、千さんは絶対に違うって言うの」

ぼくは首肯した。女の下着に興味があったわけではない。母の下着だからこそ、手を触れてみたかったのだ。母のパンティーに向かって射精する快感は、なかなかのものなのだ。

「ママ、想像してみたの。雄ちゃんがママを抱きたいって言ったら、ママはどうするだろう、って。それで気づいたのよ。ママもほんとはあなたに抱かれたいんだってことに」

「ああ、ママ」

母のこの言葉だけで、イチモツが激しくうずいた。

「雄ちゃんに抱かれたいって思ったら、どんどん筆が進んだわ。あの本、原稿用紙にすれば三百枚くらいあるんだけど、ほんの二週間で書けてしまったの」

「二週間で？　すごいね、ママ」

母の書いた小説の中身が、きょうついに現実になったのだ。新たな実感が湧くのと同時に、また股間が熱くなる。

「二冊目として、今度は姉と弟の話を書きだしたの」

「そういえば東山千は、お姉さんのことが好きなんだよね」

「ええ、そうよ。彼が書いた姉弟ものも何冊か読んだわ。でも、雄ちゃんと違って、なかなか俊のことは想像できなくてね。進まないなあって困っていたときに、ちょうど俊が電話をくれたの」

「叔父さんが電話を？」

ぼくは緊張を覚えた。叔父が母に告白したのだろうか。だとすると、先を越されたことになる。

「俊、言ってくれたわ。姉さんが欲しい、って」

「ああ、やっぱり。ぼく、知ってたよ、叔父さんの気持ち。ママのこと、前からうっとり見てたもん」

「そうなんだ。雄ちゃんは気づいてたんだ」

うなずいたぼくだが、話の先が気になった。

「それで、叔父さんとはどうしたの？」

母は少しためらったようだったが、またため息をつくようにして言った。

「抱かれたわ」

正直、激しい嫉妬を感じた。だが、不思議なことに怒りはなかった。母は女性として、すてきすぎるのだ。叔父の気持ちも、よく理解できる。

「ごめんね、雄ちゃん。でも、ママにとっては雄ちゃんも俊も、同じように大切な男性なのよ。だから……」

「いいんだよ、ママ。わかってるから。叔父さんも夢が叶って、よかったんじゃないかな」

「ありがとう、雄ちゃん。そう言ってもらえて、ママ、うれしいわ」

母はこちらを向き、ぼくの額にキスしてくれた。それだけでも、ぼくはいちだんと幸せな気分になる。

「雄ちゃん、いま夢って言ったじゃない？」

「うん」

「千さんに言われたとおり、官能小説が夢を叶えてくれるってことはよくわかったわ。でもね、官能小説だけじゃなくて、ママももう一度、もともと持っていた自分の夢に挑戦してみようって気になったの」

「もともと持っていた夢？」

「ずいぶん前に話したことがあったでしょう？　弁護士になりたくて法学部に入ったけど、司法試験の難しさを知ってあきらめた、って」

確かにその話は聞いていた。

「でもね、いま考えると、ずるかったなって思うの。挑戦もしないで逃げたんですものね、ママは」

「ママ、じゃあ、いまでも弁護士に……」

「なりたいわ。その気持ちはぜんぜん変わってないし、勉強はずっと続けてるの。少しずつだけどね」

母は法律事務所に勤めている。主に事務の仕事らしいが、ときおり所属の弁護士の助手のようなこともすると聞いていた。自分も弁護士になりたいという夢があったからこそ、ずっとこの仕事を続けてこられたのだろう。

「去年の司法試験、合格者の最高年齢、知ってる?」

「いや、ぜんぜん」

「七十一歳よ」

「七十一?」

驚きだった。最難関の試験で、なかなか合格できないとは聞いていたが、その年齢で挑戦していることだけでもすごい。

「司法試験の制度が変わって、まず予備試験から受けなくちゃならないし、大変なのはわかってる。でもね、トライしてみようと思ってるのよ、ママ」

「すごいよ、ママ。応援するし、ぼくも一緒に頑張るよ。いずれぼくも司法試験が受けられるように」

ぼくの口から、即、こんな言葉が出てきた。父母の影響というわけでもないのだが、ぼくも大学は法学部を選んだ。これまでは、はっきりと司法試験を目指していたわけではない。だが、いまははっきりと、やってみようかという気になった。そして、難しい試験にトライする母が、いちだんと誇らしく思えた。

「ありがとう。ママ、頑張るわ。雄ちゃんには、ずっとそばで支えてほしい。雄ちゃんにほんとに好きな人ができるまで、ママが恋人でもいい？」

「もちろんだよ、ママ」

「よかった。これからもよろしくね」

「ああ、ママ」

ぼくは母に抱きつき、思いきり唇を吸った。


〈了〉

※この作品は「紅文庫」のために書下ろされました。

紅文庫

ふともも常習犯《じょうしゅうはん》

牧村《まきむら》 僚《りょう》

2021年9月15日　第1刷発行

企画／松村由貴（大航海）
DTP／遠藤智子

編集人／田村耕士
発行人／日下部一成
発売元／株式会社ジーウォーク
〒153-0051 東京都目黒区上目黒 1-16-8 Yファームビル６F
電話 03-6452-3118
FAX 03-6452-3110

印刷製本／中央精版印刷株式会社

ISBN978-4-86717-210-0

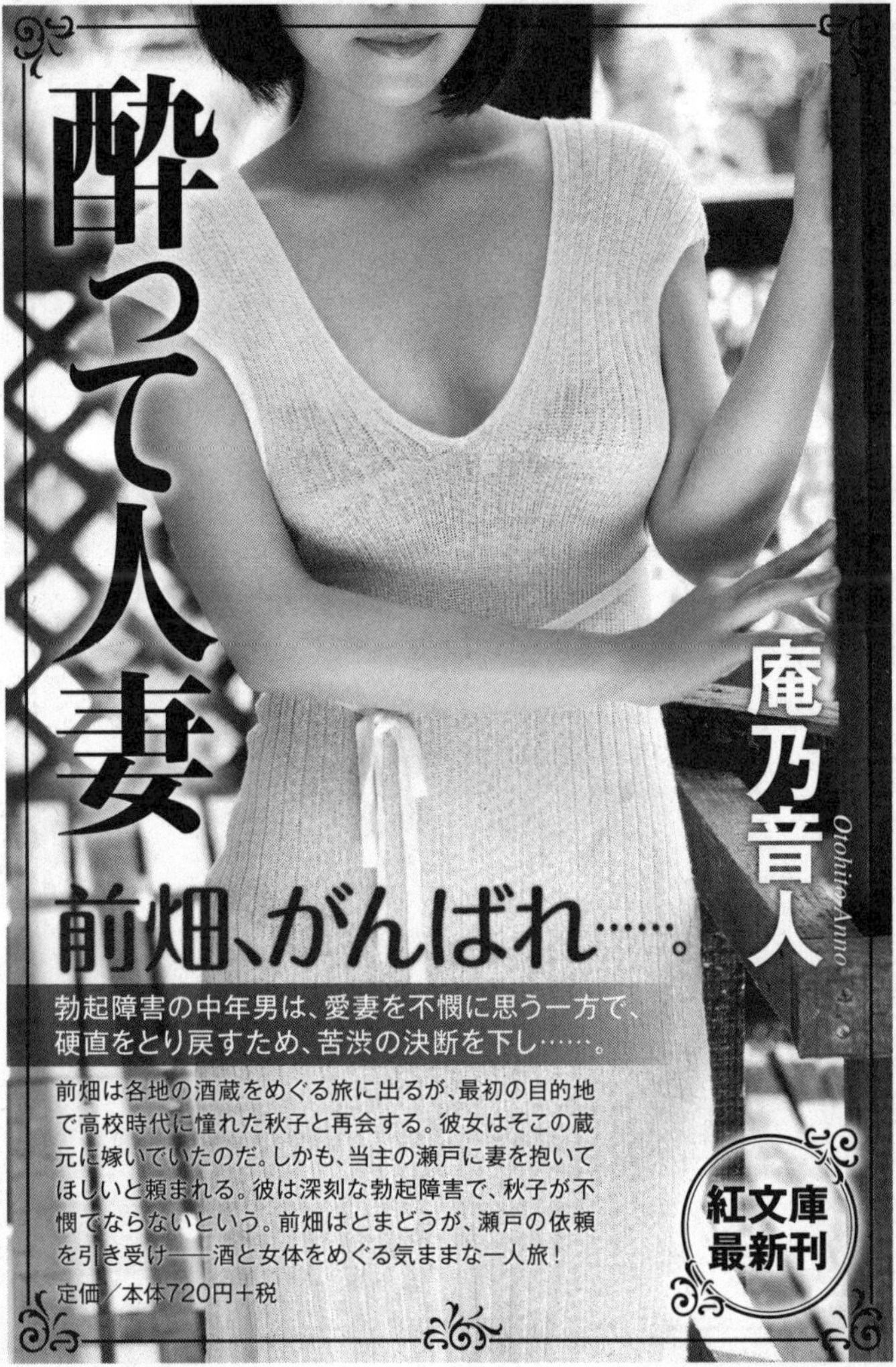
酔って人妻
前畑、がんばれ……。
庵乃音人
Otohito Anno
勃起障害の中年男は、愛妻を不憫に思う一方で、
硬直をとり戻すため、苦渋の決断を下し……。
前畑は各地の酒蔵をめぐる旅に出るが、最初の目的地で高校時代に憧れた秋子と再会する。彼女はそこの蔵元に嫁いでいたのだ。しかも、当主の瀬戸に妻を抱いてほしいと頼まれる。彼は深刻な勃起障害で、秋子が不憫でならないという。前畑はとまどうが、瀬戸の依頼を引き受け——酒と女体をめぐる気ままな一人旅！
定価／本体720円＋税
紅文庫
最新刊